說華語

Shuō Huáyǔ

Master Chinese Tones

文藻外語大學 華語中心

序

《說華語》是一本從發音出發，幫助學生定調的華語教材。外國學生學習華語，聲調可說是最不容易掌握的難點，往往單音節念準了，說句子時仍然出現走調的現象。為解決此一問題，特以樂譜的概念，在五線譜上標記四個聲調不同高低的位置，讓學生更具體了解聲調。學生看著樂譜，一邊跟著線條的起伏說話，一邊調整音的高度，希望在聲調的學習黃金期能把聲調說準。

《說華語》最大的特點是，除了第三聲都以半三聲標記之外，兩個或三個第三聲的變調和一、不變調，五線譜上都清楚標示著。希望藉由圖像讓學習者有意識地說話，進而穩定語流中的四個聲調，降低洋腔洋調現象的發生。此外，在四個聲調的排序上，也打破傳統，先以最高的第一聲和最低的第三聲成對比，再以由下往上揚的第二聲和由上往下降的第四聲為對比的順序呈現，如此更能讓學生迅速掌握四個聲調的發音特質與差異。

這本教材的產出，首先要感謝文藻華語中心前主任廖南雁教授的支持與鼓勵，以及現任華語中心主任廖淑慧教授，有了她的堅持，這本教材才能順利出版。另外，在編寫過程中，特別要感謝方麗娜教授、戴俊芬教授的指導與建議，以及文藻華語中心全體老師的協助與幫忙，僅此表達本人最誠摯的謝意。

文藻外語大學華語中心
姜君芳

內容說明

《說華語》共分為兩個部分。第一部分以會話為主，有五課，第二部分以語音練習為主，有聲調、聲母和韻母三個單元。另外，可以在網路上免費下載每一課課文、練習和聽力的音檔及聽力練習的解答。

本教材有豐富實用的對話和大量的詞彙，除了能讓自學者練習聲調，並把對話的語調念準之外，更適合為學校上課使用的教科書。

《說華語》雖然分為兩個部分，但在學習或教學上必須一起學習。如果以一次兩個小時的課來說，前一個小時上對話（第一課～第五課），後一個小時上聲調、聲母、韻母。另外，必須一提的是第三聲「暫時不上揚」，因為初學者不容易把第三聲念到底，常與第二聲混淆，為了讓學習者念準第三聲，本教材一律暫時不上揚。以下是每一課的重要內容：

課別	內容重點	
第一課	1. 我叫 Bái Miàoní。 2. 我是台灣人，你呢？ 3. 我也是台灣人。 4. 很高興認識你。	第三聲變調
第二課	1. 妳叫什麼名字？妳朋友呢？ 2. 妳是美國人嗎？…… 是 / 不是。 3. 妳們都是美國人嗎？ 4. 你是哪一國人？	輕聲練習 以「這個怎麼念？」帶入輕聲的練習
第三課	（一） 1. 你有手機嗎？…… 有 / 沒有。 2. 你的手機號碼幾號？ 3. 我的手機號碼 0938552608。你的呢？ （二） 4. 這是你的原子筆嗎？ 5. 那是我的。 6. 這是誰的橡皮擦？ 7. 那些都是我的。	

第四課	（一） 1. 我家有七個人。 2. 有爸爸、媽媽、一個姐姐、兩個弟弟和一個妹妹。 （二） 1. 你幾歲？ 2. 你的生日幾月幾號？ 3. 自我介紹	
第五課	（一） 1. 我要這個，多少錢？ 2. 那個兩百五。 3. 給你三百。……找你五十。 （二） 4. 一杯咖啡、兩瓶水、三本書…… （三） 5. 你有沒有零錢？ 6. 我要換四張一百塊的，兩個五十塊的。 7. 請等一下。請點一下。 （四） 8. 你喜歡三明治還是漢堡？ 9. 喜歡 / 不喜歡 / 不太喜歡 / 還好。 10. 可以給我一杯水嗎？	一、不變調
聲調	1. 第一聲、第三聲 2. 第二聲、第四聲 3. 聲調聽力練習	以「這是什麼？」帶入聲調的練習。
聲母	聲母 (一)：b,p,m,f,d,t,n,l ＋聽力練習 聲母 (二)：g,k,h,j,q,x ＋聽力練習 聲母 (三)：zh,ch,sh,r,z,c,s ＋聽力練習	以「這個怎麼念？」帶入聲母、韻母的練習。
韻母	韻母 (一)：i,u,ü,a,o,e,ê,er ＋聽力練習 韻母 (二)：ai,ei,ao,ou,an,en,ang,eng ＋聽力練習 韻母 (三)：ia,ie,iao,iu,ian,in,iang,ing ＋聽力練習 韻母 (四)：ua,uo,uai,ui,uan,un,uang,ueng,ong ＋聽力練習 韻母 (五)：üan, ün,ue,iong ＋聽力練習	

目 錄

1

第一課 你好
Dì yī kè Nǐ hǎo

1) A-001

你好，我叫
Nǐ hǎo wǒ jiào
Bái Miàoní。
你好，我叫
Nǐ hǎo wǒ jiào
Gāo Bǎotài。
我是台灣人，
Wǒ shì Táiwān rén
你呢？
nǐ ne
我是日本人。
Wǒ shì Rìběn rén

A-002

Nǐ hǎo wǒ jiào Bái Miàoní

你 好 我 叫 Bái Miàoní 。

Nǐ hǎo wǒ jiào Gāo Bǎotài

你 好 我 叫 Gāo Bǎotài 。

Wǒ shì Tái wān rén nǐ ne ?

我 是 台 灣 人 ， 你 呢？

Wǒ shì Rì běn rén

我 是 日 本 人。

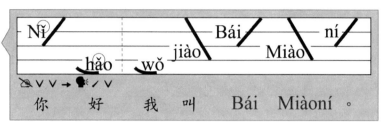

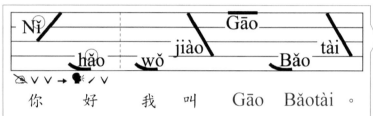

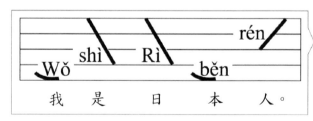

2)

🎧**A-003**

A： 你好。
Nǐ hǎo

B： 你好。
Nǐ hǎo

A： 我叫＿＿＿＿＿＿＿＿，你呢？
Wǒ jiào　　　　　　　　nǐ ne

B： 我叫＿＿＿＿＿＿＿＿。
Wǒ jiào

A

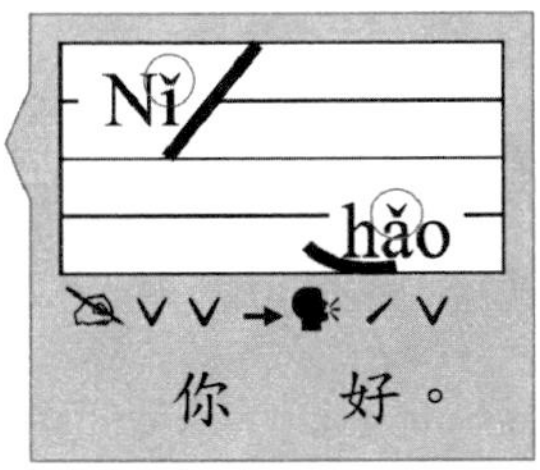

Nǐ
hǎo
你　好。

B

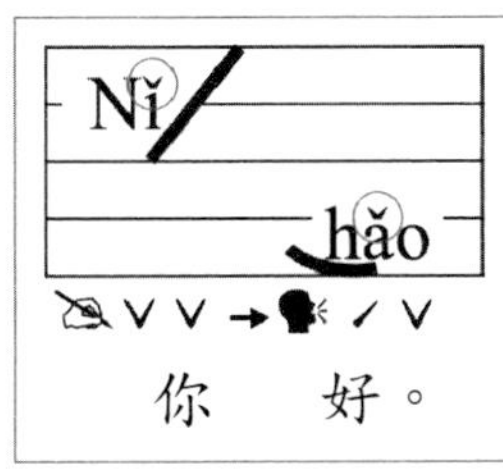

Nǐ
hǎo
你　好。

A

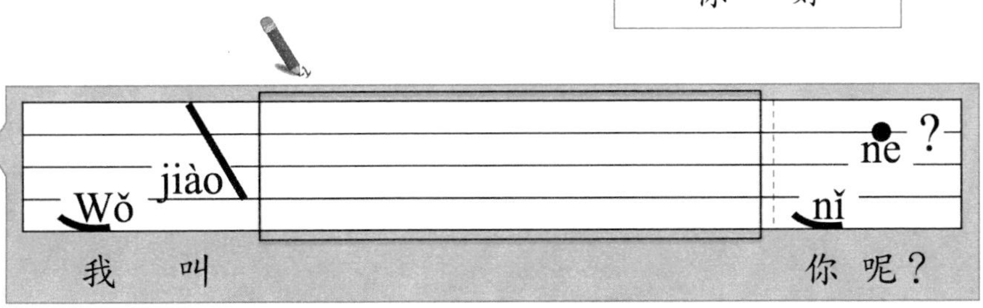

Wǒ
jiào
nǐ
ne
?
我　叫
你　呢？

B

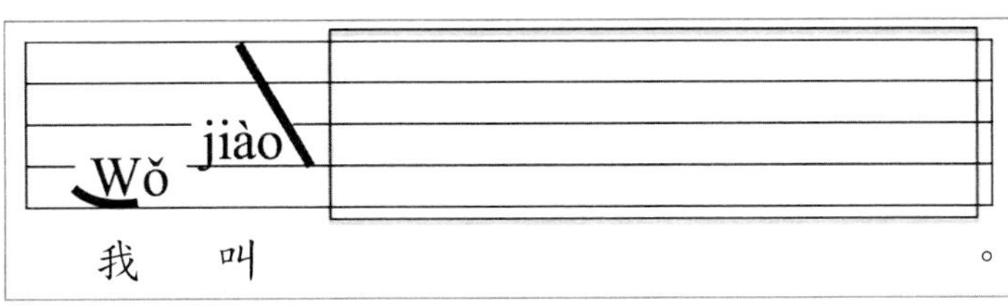

Wǒ
jiào
我　叫
。

3)

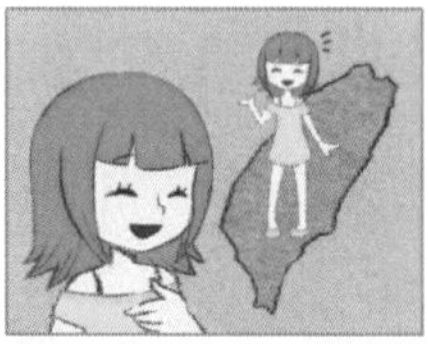

我是台灣人，你呢？
Wǒ shì Táiwān rén nǐ ne

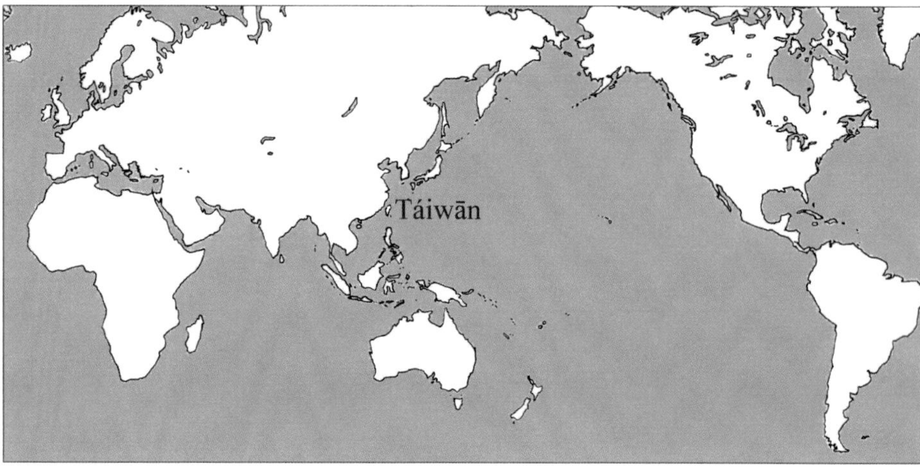
Táiwān

	① 台灣 Táiwān		② 澳洲 Àozhōu		③ 德國 Déguó
	④ 俄羅斯 Éluósī		⑤ 法國 Fǎguó		⑥ 韓國 Hánguó
	⑦ 加拿大 Jiānádà		⑧ 美國 Měiguó		⑨ 日本 Rìběn

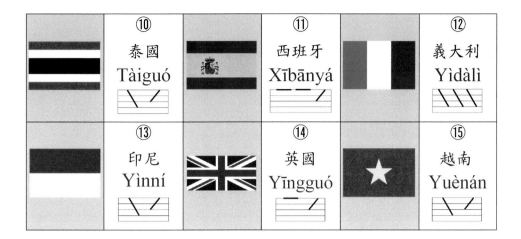

	⑩ 泰國 Tàiguó		⑪ 西班牙 Xībānyá		⑫ 義大利 Yìdàlì
	⑬ 印尼 Yìnní		⑭ 英國 Yīngguó		⑮ 越南 Yuènán

4)

A-005

：我是韓國人，妳呢？
Wǒ shì Hán guó rén nǐ ne

：我也是韓國人。
Wǒ **yě** shì Hán guó rén

：很高興認識妳。
Hěn gāoxìng rènshì nǐ

：很高興認識你。
Hěn gāoxìng rènshì nǐ

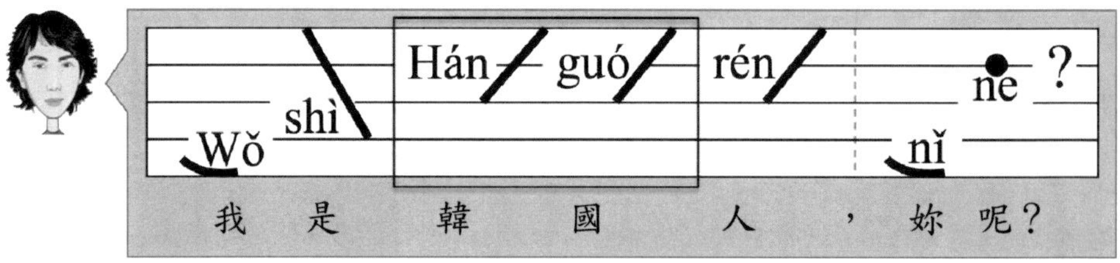
Wǒ shì Hán guó rén nǐ ne ?
我 是 韓 國 人 ， 妳 呢？

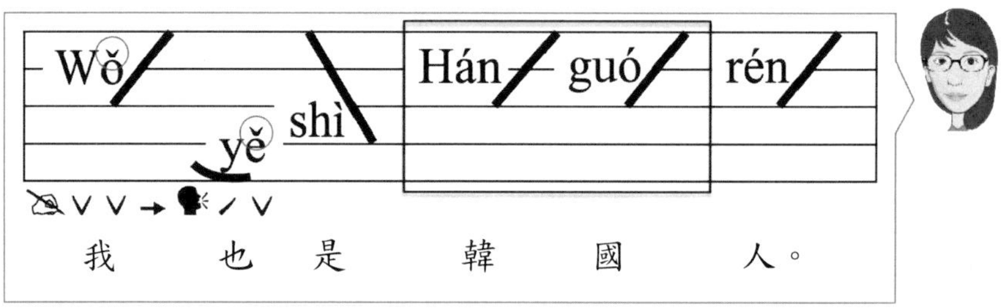
Wǒ yě shì Hán guó rén
我 也 是 韓 國 人。

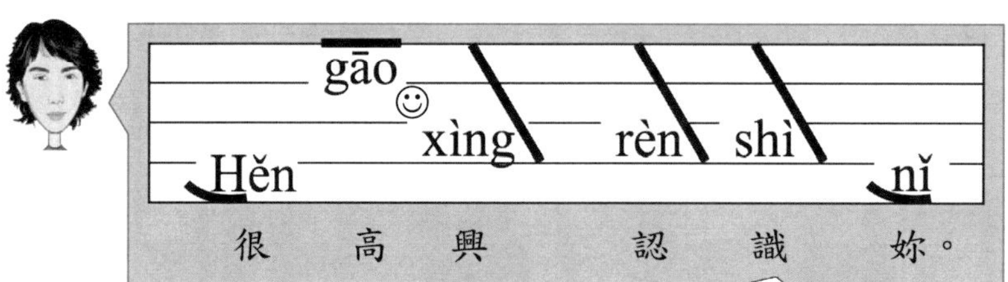
Hěn gāo xìng rèn shì nǐ
很 高 興 認 識 妳。

Hěn gāo xìng rèn shì nǐ
很 高 興 認 識 妳。

5) 聲調
Shēngdiào

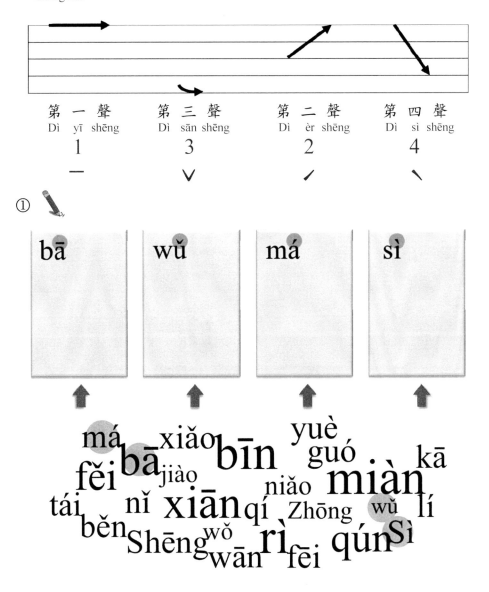

第一聲	第三聲	第二聲	第四聲
Dì yī shēng	Dì sān shēng	Dì èr shēng	Dì sì shēng
1	3	2	4
ˉ	ˇ	ˊ	ˋ

①

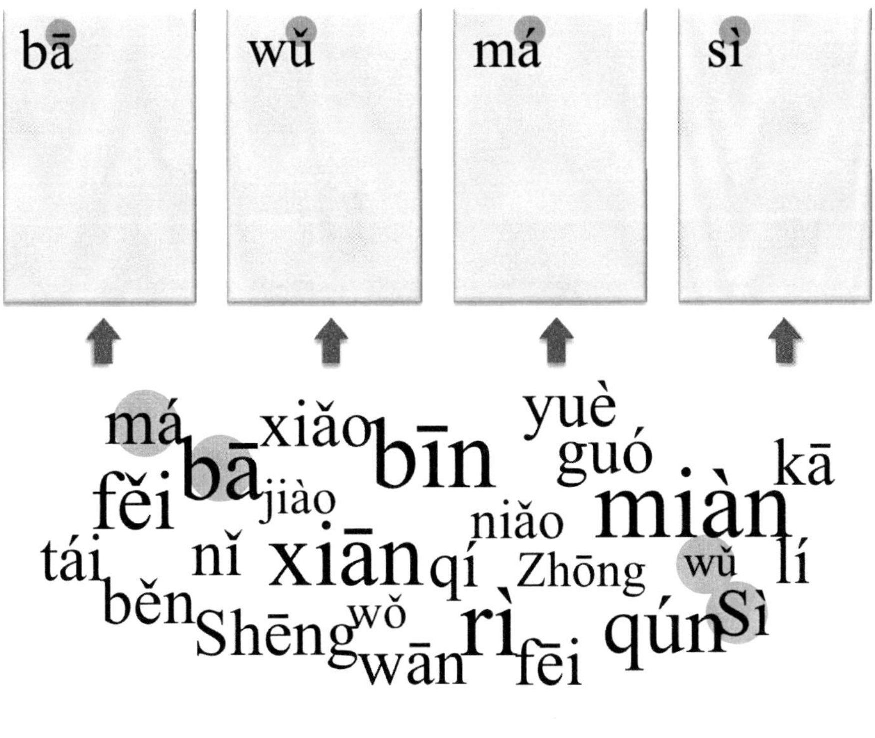
bā
wǔ
má
sì
má xiǎo bīn yuè guó kā
fěi bā jiào miàn
niǎo
tái nǐ xiān qí Zhōng wǔ lí
běn Shēng wǒ rì qún Sì
wān fēi

② A-006

第一聲
Dì yī shēng
1
ˉ
貓
māo
雞
jī
豬
zhū
山
shān
書
shū
第三聲
Dì sān shēng
3
ˇ
筆
bǐ
傘
sǎn
鳥
niǎo
腳
jiǎo
錶
biǎo
第二聲
Dì èr shēng
2
ˊ
門
mén
牛
niú
魚
yú
茶
chá
雜
zá
第四聲
Dì sì shēng
4
ˋ
麵
miàn
肉
ròu
蛋
dàn
樹
shù
誌
zhì

6) 聲調 練習 Shēngdiào liànxí

A-007

例子 lìzi ： ☑❶ ☐❷ ☐❸ ☐❹

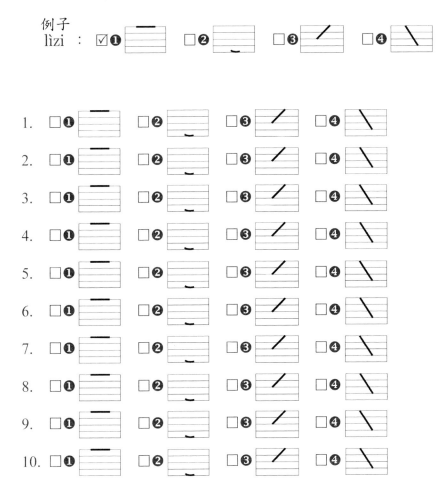

1. ☐❶ ☐❷ ☐❸ ☐❹
2. ☐❶ ☐❷ ☐❸ ☐❹
3. ☐❶ ☐❷ ☐❸ ☐❹
4. ☐❶ ☐❷ ☐❸ ☐❹
5. ☐❶ ☐❷ ☐❸ ☐❹
6. ☐❶ ☐❷ ☐❸ ☐❹
7. ☐❶ ☐❷ ☐❸ ☐❹
8. ☐❶ ☐❷ ☐❸ ☐❹
9. ☐❶ ☐❷ ☐❸ ☐❹
10. ☐❶ ☐❷ ☐❸ ☐❹

7) 第三聲 變調
Dì sān shēng biàndiào

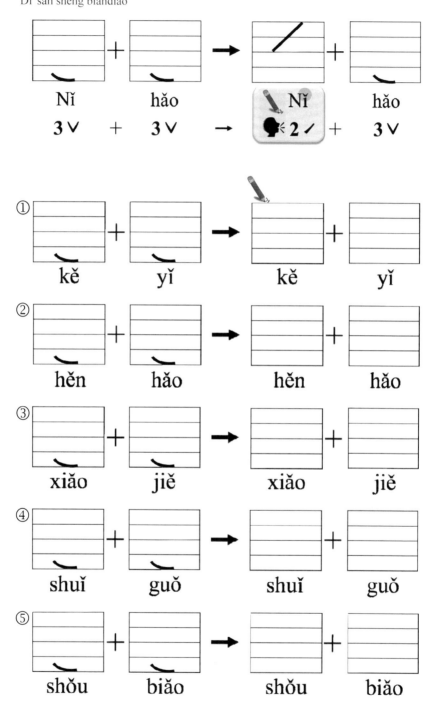

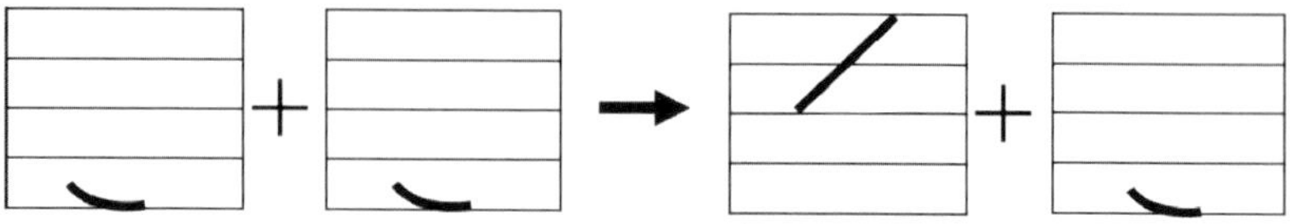

Nǐ + hǎo → Nǐ + hǎo

3∨ + 3∨ → 2✓ + 3∨

① 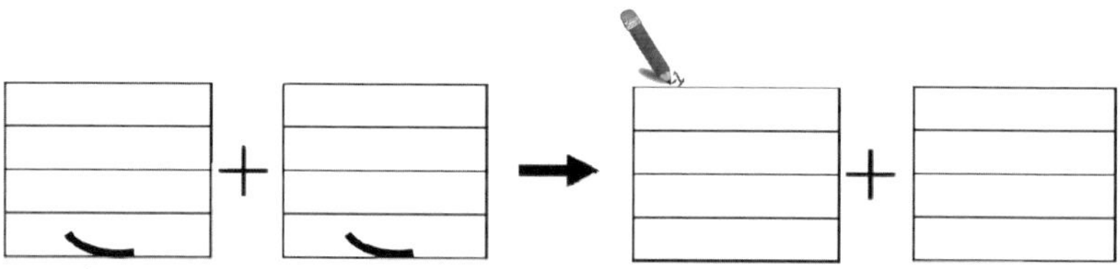

kě + yǐ → kě + yǐ

② 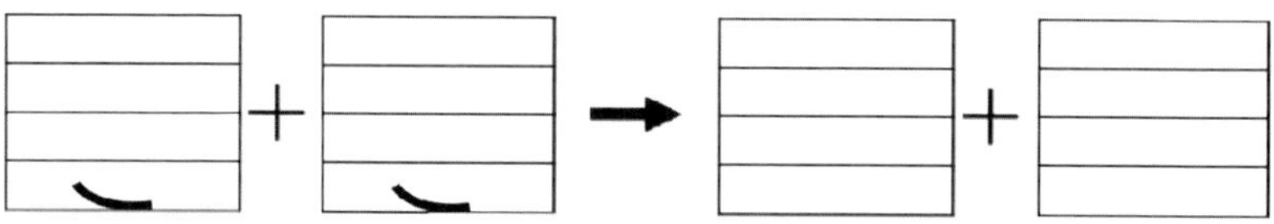

hěn + hǎo → hěn + hǎo

③ 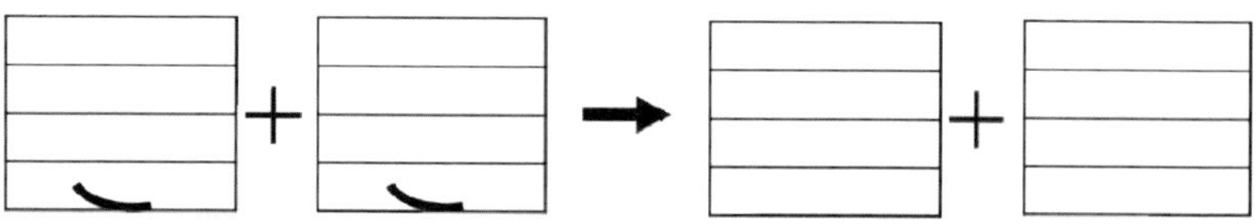

xiǎo + jiě → xiǎo + jiě

④ 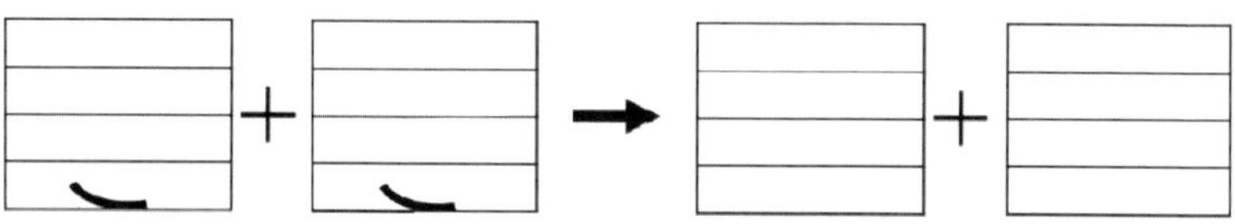

shuǐ + guǒ → shuǐ + guǒ

⑤ 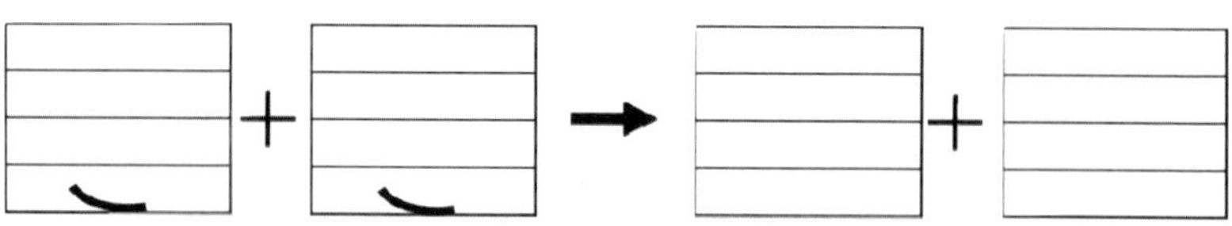

shǒu + biǎo → shǒu + biǎo

第二課 妳叫什麼名字？
Dì èr kè Nǐ jiào shénme míngzi

2

1) A-009

妳好，我叫 山本 Zhēnyī。
Nǐ hǎo wǒ jiào Shānběn
妳叫 什麼 名字？
Nǐ jiào shénme míngzi
你好，
Nǐ hǎo
我 叫 吳 Pèiqí。
wǒ jiào Wú
你朋友呢？
Nǐ péngyǒu ne
她叫 王 Xiǎocí。
Tā jiào Wáng

A-010

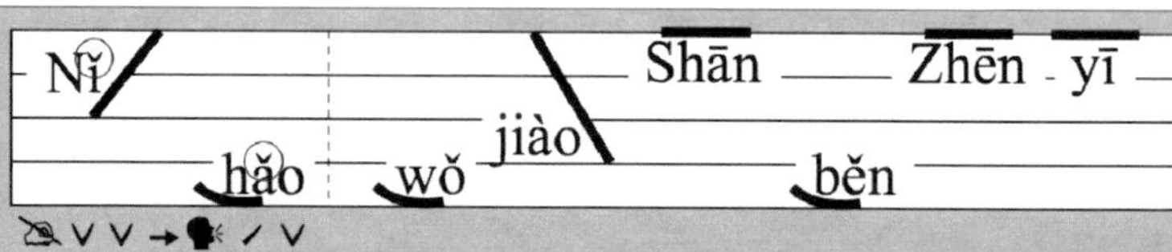
Nǐ hǎo wǒ jiào Shān běn Zhēn yī

妳 好，我 叫 山 本 Zhēnyī，

Nǐ jiào shén me míng zi ?

妳 叫 什 麼 名 字？

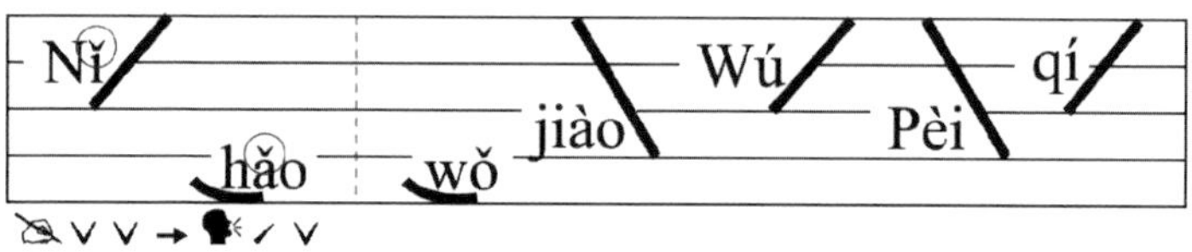
Nǐ hǎo wǒ jiào Wú Pèi qí

你 好，我 叫 吳 Pèiqí 。

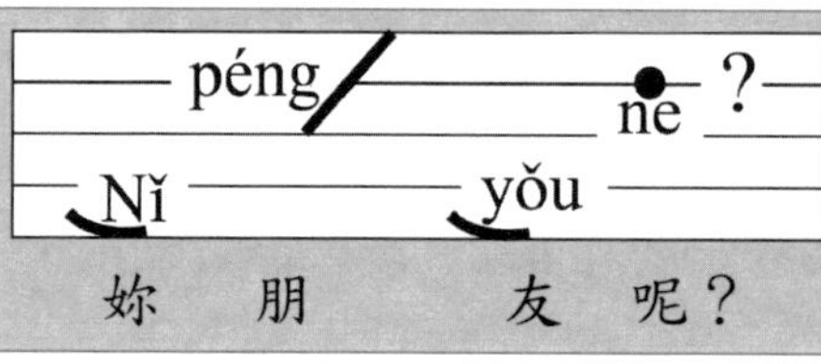
Nǐ péng yǒu ne ?

妳 朋 友 呢？

Tā jiào Wáng Xiǎo cí

她 叫 王 Xiǎocí 。

2)

A-011

妳們都是
Nǐ men dōu shì
美國人嗎？
Měiguó rén ma
不是，我是英國人，
Bú shì wǒ shì Yīngguó rén
她是美國人。
tā shì Měiguó rén.

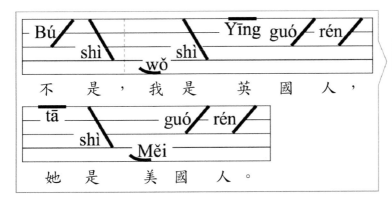

A-012

Nǐ men dōu shì Měi guó rén ma?

妳 們 都 是 美 國 人 嗎？

Bú shì wǒ shì Yīng guó rén

不 是，我 是 英 國 人，

tā shì Měi guó rén

她 是 美 國 人。

3) **A-013**

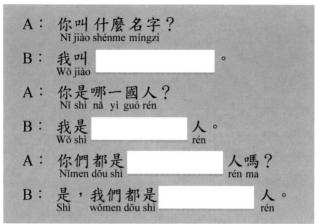

A：你叫什麼名字？
Nǐ jiào shénme míngzi

B：我叫＿＿＿＿＿。
Wǒ jiào

A：你是哪一國人？
Nǐ shì nǎ yì guó rén

B：我是＿＿＿＿＿人。
Wǒ shì rén

A：你們都是＿＿＿＿＿人嗎？
Nǐmen dōu shì rén ma

B：是，我們都是＿＿＿＿＿人。
Shì wǒmen dōu shì rén

A
Nǐ jiào shén me míng zi ?
你 叫 什 麼 名 字 ？

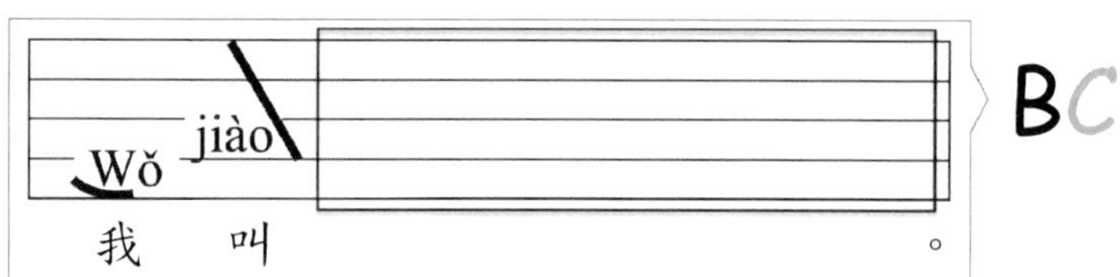
BC
Wǒ jiào
我 叫 。

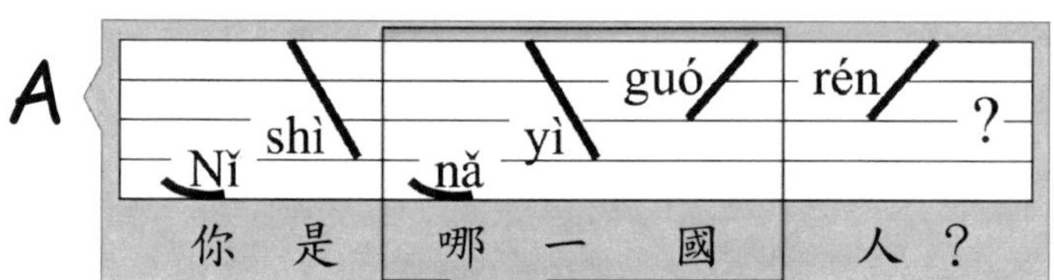
A
Nǐ shì nǎ yì guó rén ?
你 是 哪 一 國 人 ？

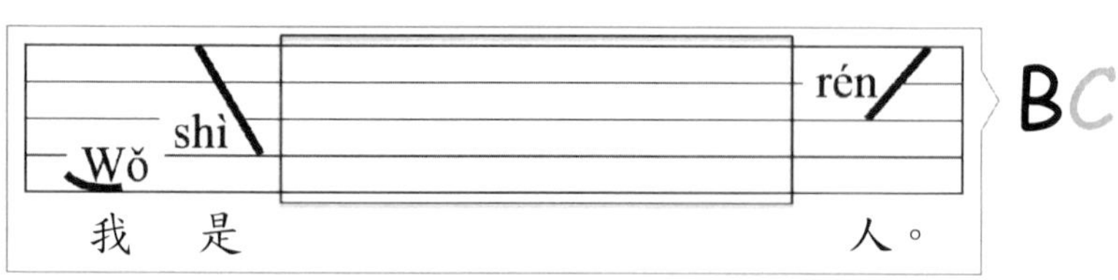
BC
Wǒ shì rén
我 是 人。

A
Nǐ men dōu shì ＿＿＿ rén ma?
你們都是＿＿＿人嗎？

B
Shì, Wǒ men dōu shì ＿＿＿ rén.
是，我們都是＿＿＿人。

這個怎麼唸？
Zhèige zěnme niàn

1) ∩A-014

這個怎麼唸？
Zhèige zěnme niàn
zhuōzi

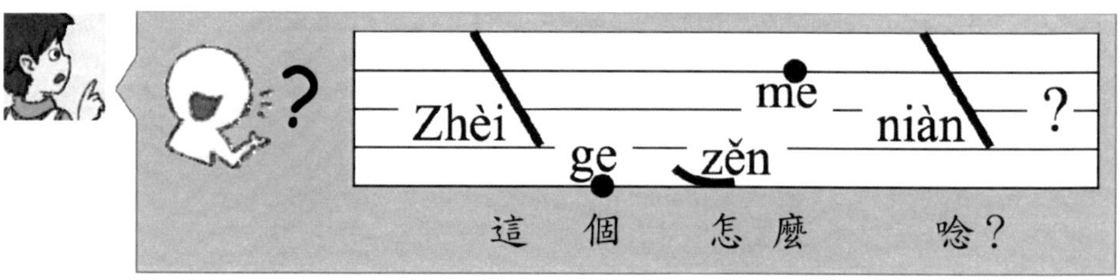
Zhèi ge zěn me niàn ?
這 個 怎 麼 唸？

zhuō zi
桌 子。

2) 🎧A-015

bēizi dāozi chāzi
kuàizi pánzi yǐzi

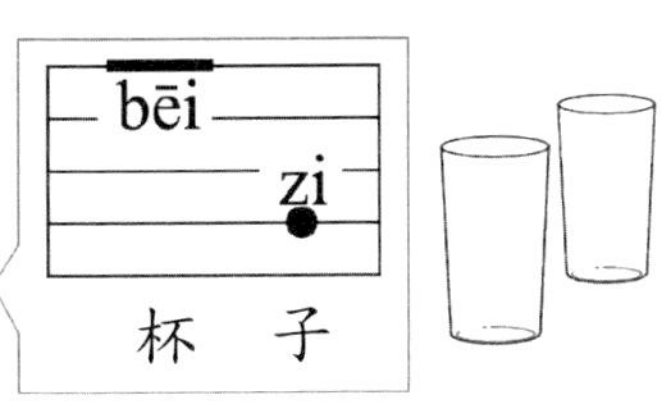
bēi
zi
杯 子

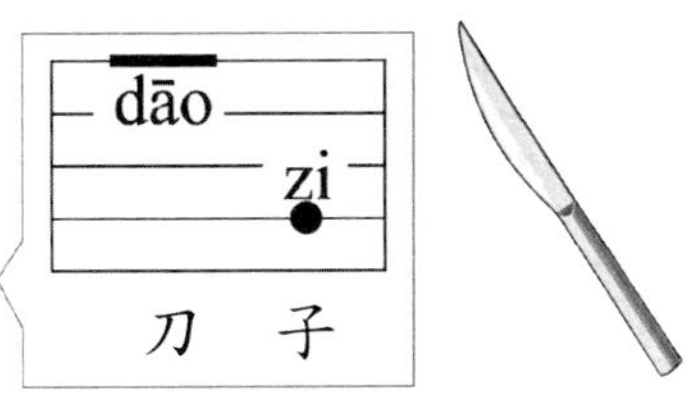
dāo
zi
刀 子

chā
zi
叉 子

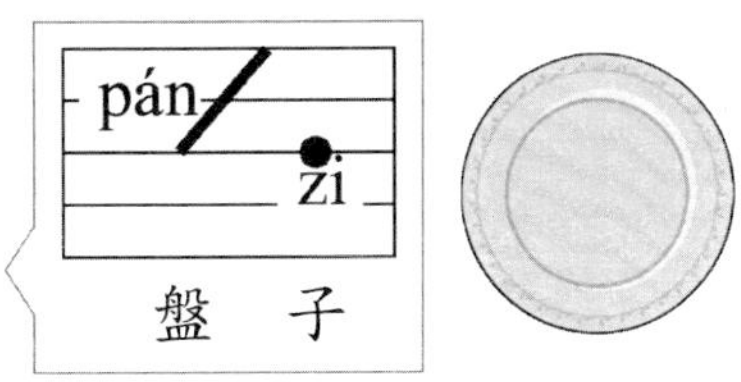
pán
zi
盤 子

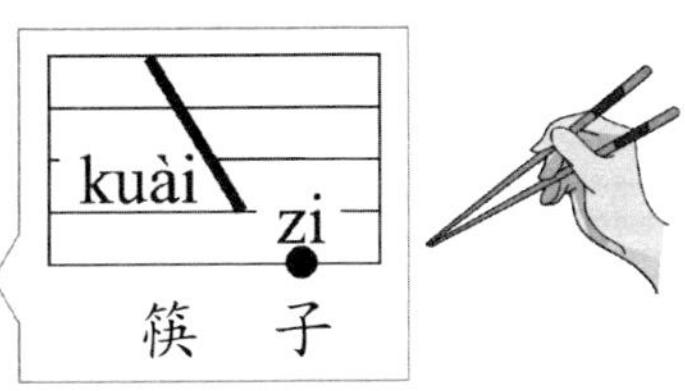
kuài
zi
筷 子

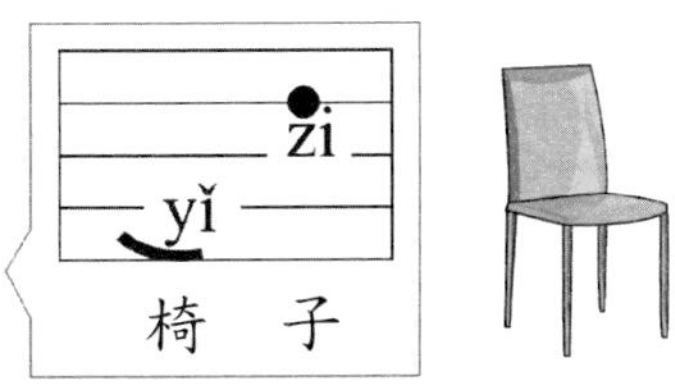
zi
yǐ
椅 子

3) 輕聲
Qīngshēng

A-016

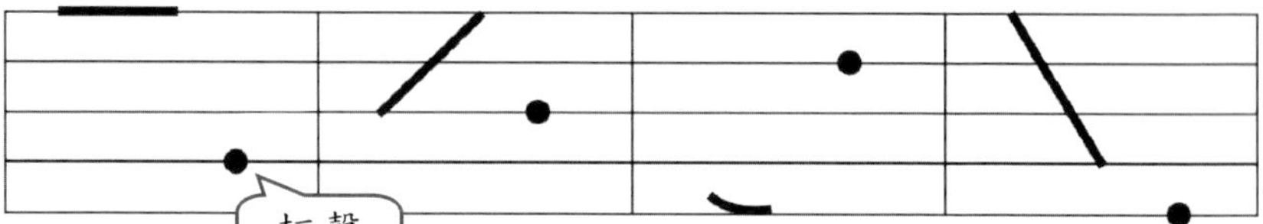

輕聲
qīngshēng

1 + ●   2 + ●   3 + ●   4 + ●

1 + ●	2 + ●	3 + ●	4 + ●
bēizi	pánzi	yǐzi	kuàizi
māma	shénme	nǐ ne	bàba

zhuō zi 桌子 

yǐ zi 椅子 

bēi zi 杯子 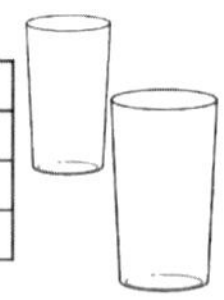

pán zi 盤子 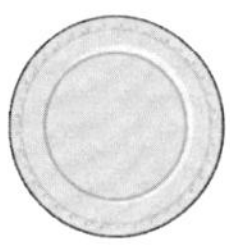

kuài zi 筷子 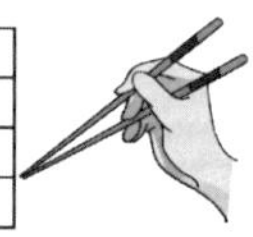

chā zi 叉子 

dāo zi 刀子 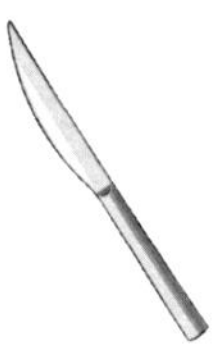

dài zi 袋子 

hé zi 盒子 

xiāng zi 箱子 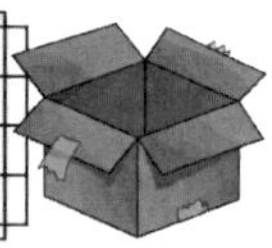

mào zi 帽子 

zhèi ge 這個

zěn me 怎麼

mā ma 媽媽

bà ba 爸爸

4) 🗣

A-017

①

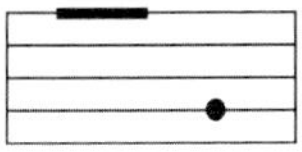

媽媽
māma

哥哥
gēge

桌子
zhuōzi

刀子
dāozi

叉子
chāzi

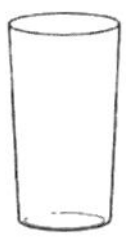
杯子
bēizi

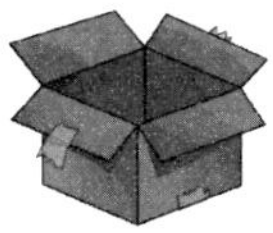
箱子
xiāngzi

包子
bāozi

鴨子
yāzi

鍋子
guōzi

②

姐姐
jiějie

椅子
yǐzi

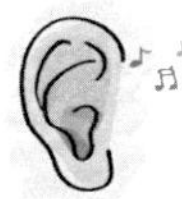
耳朵
ěrduo

筍子
sǔnzi

③

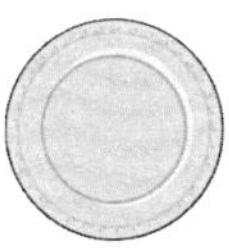
盤子
pánzi

盒子
hézi

橘子
júzi

夾子
jiázi

椰子
yézi

鞋子
xiézi

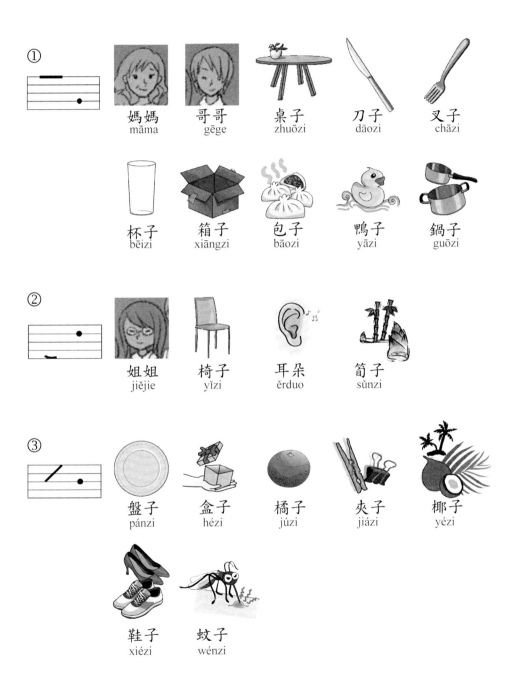

蚊子
wénzi

④

爸爸
bàba

弟弟
dìdi

妹妹
mèimei

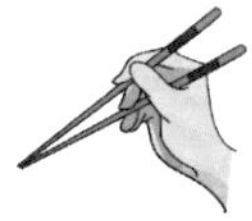
筷子
kuàizi

袋子
dàizi

帽子
màozi

蓋子
gàizi

被子
bèizi

扇子
shànzi

凳子
dèngzi

鑰匙
yàoshi

襪子
wàzi

3

第三課 你有手機嗎？
Dì sān kè　Nǐ yǒu shǒujī ma

1)

A-018

你有手機嗎？
Nǐ yǒu shǒujī ma
有。
Yǒu
你的手機號碼幾號？
Nǐ de shǒujī hàomǎ jǐ hào
0938-552-608
妳的呢？
Nǐ de ne
0910-422-597

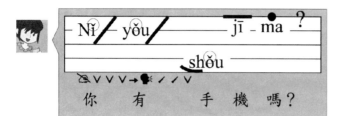

Nǐ yǒu shǒu jī ma?

你有手機嗎？

Yǒu

有。

Nǐ de shǒu jī hào mǎ jǐ hào?

你的手機號碼幾號？

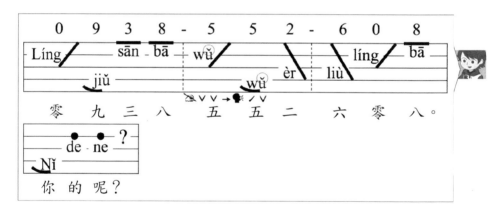

0 9 3 8 - 5 5 2 - 6 0 8

Líng jiǔ sān bā wǔ wǔ èr líng liù líng bā

零九三八五五二六零八。

Nǐ de ne?

你的呢？

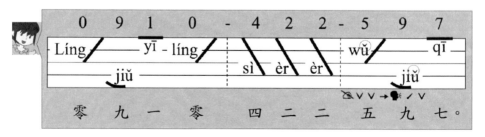

0 9 1 0 - 4 2 2 - 5 9 7

Líng jiǔ yī líng sì èr èr wǔ jiǔ qī

零九一零四二二五九七。

2) A-020

0	1	2	3	4	5	6	7	8	9
líng	yī	èr	sān	sì	wǔ	liù	qī	bā	jiǔ
零	一	二	三	四	五	六	七	八	九

3) A-021

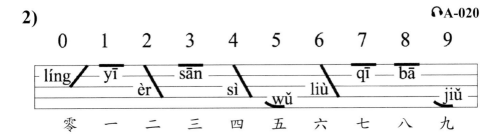

你的手機號碼幾號？
Nǐ de shǒujī hàomǎ jǐ hào

Nǐ de shǒu jī hào mǎ jǐ hào ?

你的手機號碼幾號？

Wǒ de shǒu jī hào mǎ shì

我的手機號碼是

你同學的呢？
Nǐ tóngxué de ne

Nǐ tóng xué de ne ?

你同學的呢？

他們是「同學」。

這是你的原子筆嗎？
Zhè shì nǐ de yuánzǐ bǐ ma

1) A-022

這是你的原子筆嗎？
Zhè shì nǐ de yuánzǐbǐ ma
是，那是我的。
Shì nà shì wǒ de

我
這也是你的嗎？
Zhè yě shì nǐ de ma
不是，那是老師的。
Bú shì nà shì lǎoshī de

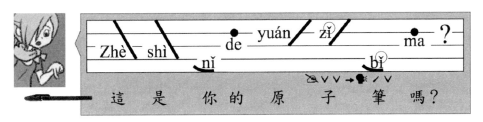

A-023

Zhè shì nǐ de yuán zǐ bǐ ma?

這 是 你的 原 子 筆 嗎？

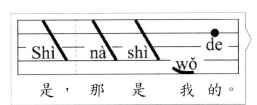

Shì nà shì wǒ de

是，那 是 我 的。

Zhè yě shì nǐ de ma?

這 也 是 你 的 嗎？

我

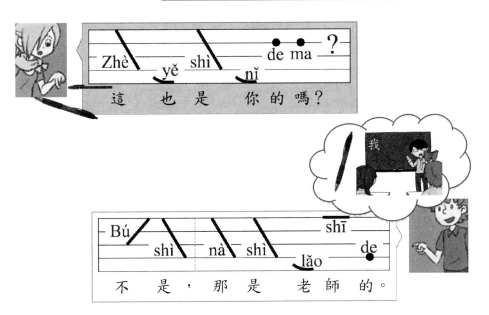

Bú shì nà shì lǎo shī de

不 是，那 是 老 師 的。

2) **A-024**

這是 誰的 橡皮擦？
Zhè shì shéi de xiàngpícā
是 王 老師 的。
Shì Wáng lǎoshī de

Zhè shì shéi de xiàng pí cā ?
這 是 誰 的 橡 皮 擦？

Shì Wáng lǎo shī de
是 王 老 師 的。

A-025

yuánzǐbǐ	xiàngpícā	qiānbǐ	jiǎndāo
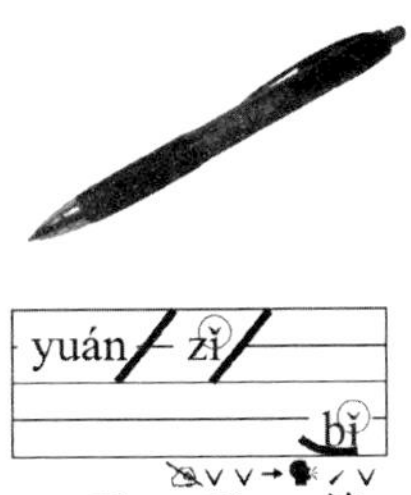yuán zǐ bǐ	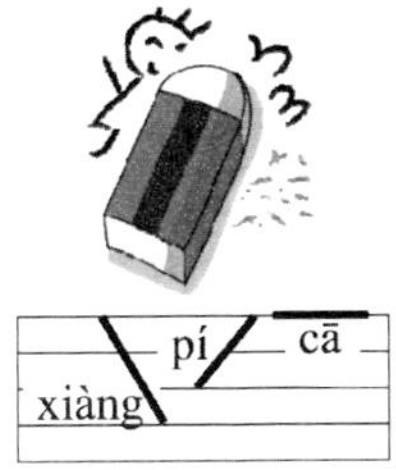xiàng pí cā	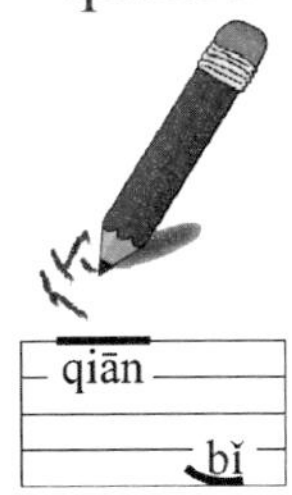qiān bǐ	jiǎn dāo
原子筆	橡皮擦	鉛筆	剪刀
qiānbǐ hé	cídiǎn	yǎnjìng	shǒujī
qiān bǐ hé	cí diǎn	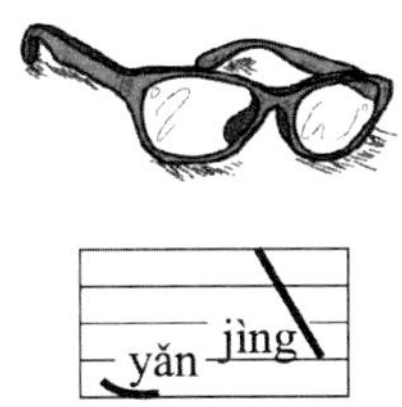yǎn jìng	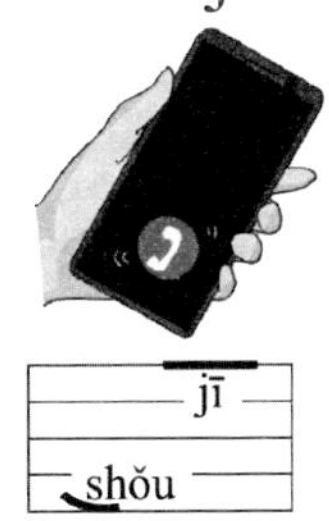shǒu jī
鉛筆盒	詞典	眼鏡	手機
yàoshi	miànzhǐ	qiánbāo	píjiá
yào shi	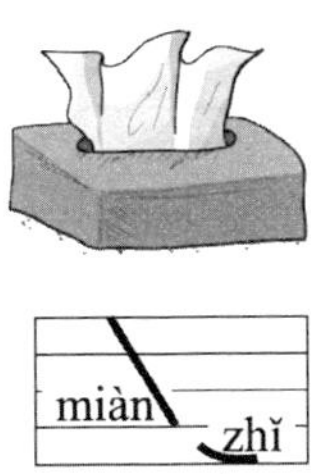miàn zhǐ	qián bāo	pí jiá
鑰匙	面紙	錢包	皮夾
diànnǎo	wèishēngzhǐ	suíshēndié	shuǐ
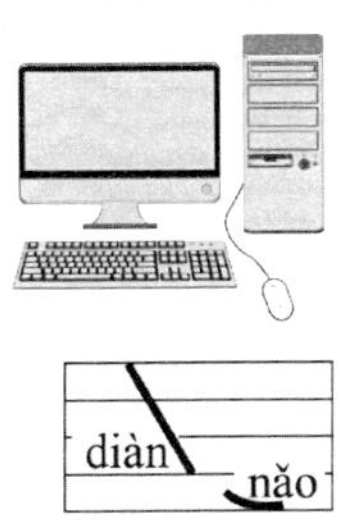diàn nǎo	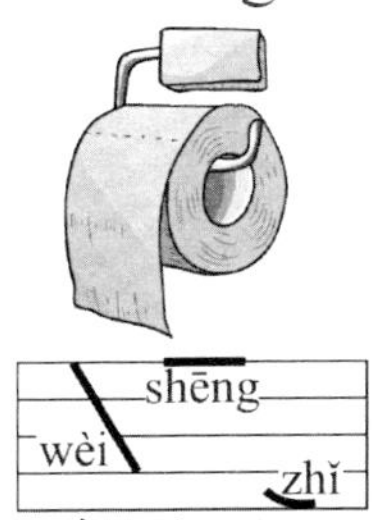wèi shēng zhǐ	suí shēn dié	shuǐ
電腦	衛生紙	隨身碟	水

3) **A-026**

這些都是你的嗎？
Zhèi xiē dōu shì nǐ de ma
是，那些都是我的。
Shì nèi xiē dōu shì wǒ de

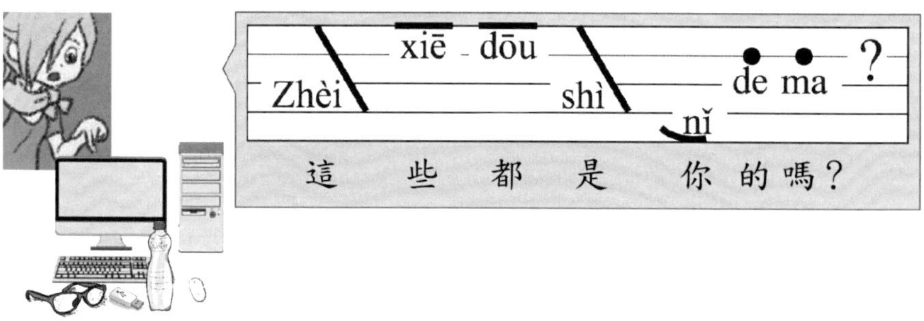
Zhèi xiē dōu shì nǐ de ma ?
這 些 都 是 你 的 嗎？

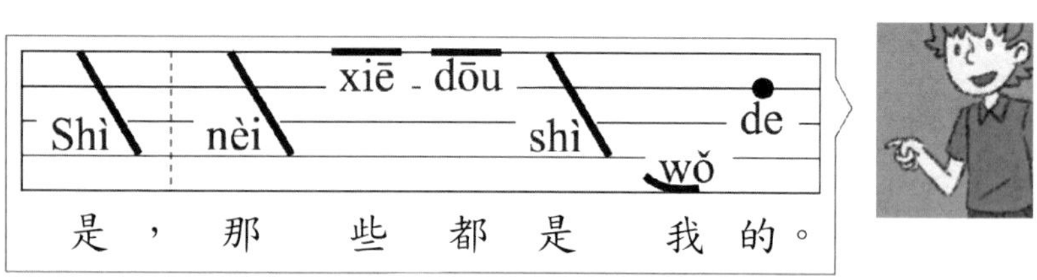
Shì nèi xiē dōu shì wǒ de
是， 那 些 都 是 我 的。

第四課　我家有七個人
Dì sì kè　Wǒ jiā yǒu qī ge rén

4

1)

媽媽 māma
妹妹 mèimei
姐姐 jiějie
我 wǒ
爸爸 bàba
弟弟 dìdi
哥哥 gēge

A-027

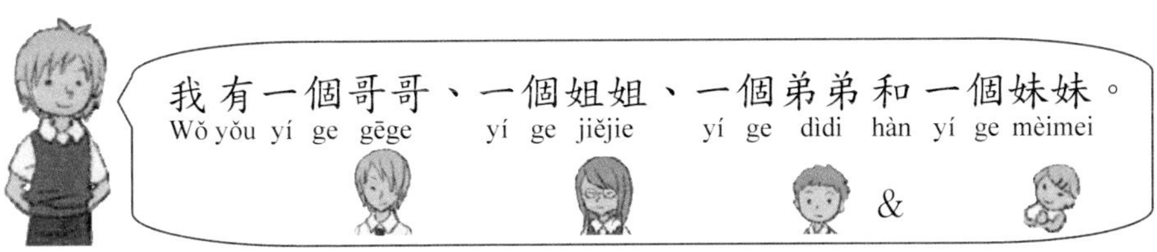
我有一個哥哥、一個姐姐、一個弟弟和一個妹妹。
Wǒ yǒu yí ge gēge yí ge jiějie yí ge dìdi hàn yí ge mèimei
&

我有一個姐姐、兩個弟弟和一個妹妹。
Wǒ yǒu yí ge jiějie liǎng ge dìdi hàn yí ge mèimei
&

我有三個弟弟和一個妹妹。
Wǒ yǒu sān ge dìdi hàn yí ge mèimei
&
你有幾個兄弟姐妹？
Nǐ yǒu jǐ ge xiōngdì jiěmèi
?

我有五個孩子。
Wǒ yǒu wǔ ge háizi
你有幾個孩子？
Nǐ yǒu jǐ ge háizi
?

我家有七個人。
Wǒ jiā yǒu qī ge rén
你家有幾個人？
Nǐ jiā yǒu jǐ ge rén
?

A-028

Wǒ yǒu yí ge gēge、yí ge jiějie、yí ge dìdi hàn yí ge mèimei.

我有一個哥哥、一個姐姐、一個弟弟和一個妹妹。

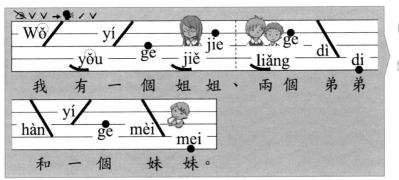

Wǒ yǒu yí ge jiějie、liǎng ge dìdi hàn yí ge mèimei.

我有一個姐姐、兩個弟弟和一個妹妹。

Wǒ yǒu sān ge dìdi hàn yí ge mèimei.

我有三個弟弟和一個妹妹。

Nǐ yǒu jǐ ge xiōngdì jiěmèi?

你有幾個兄弟姐妹？

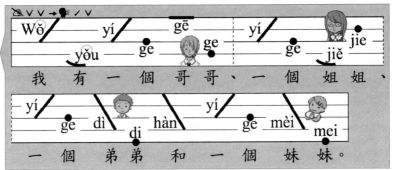

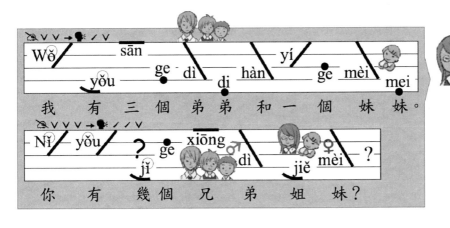

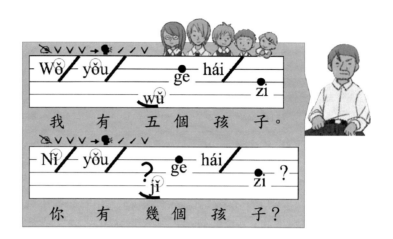

Wǒ yǒu wǔ ge hái zi

我有五個孩子。

Nǐ yǒu jǐ ge hái zi?

你有幾個孩子？

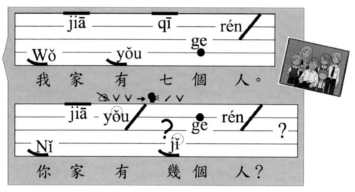

Wǒ jiā yǒu qī ge rén

我家有七個人。

Nǐ jiā yǒu jǐ ge rén?

你家有幾個人？

我 12 歲，你幾歲？
Wǒ shí èr suì　nǐ jǐ suì

2)　　　　　　　　A-029

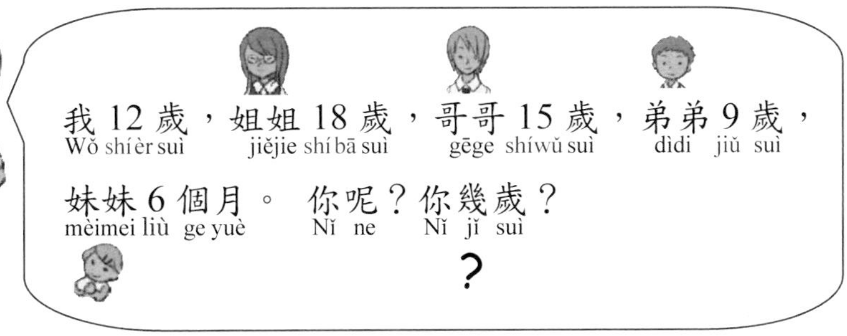

我 12 歲，姐姐 18 歲，哥哥 15 歲，弟弟 9 歲，
Wǒ shíèr suì　jiějie shí bā suì　gēge shíwǔ suì　dìdi jiǔ suì
妹妹 6 個月。 你呢？你幾歲？
mèimei liù ge yuè　Nǐ ne　Nǐ jǐ suì
?

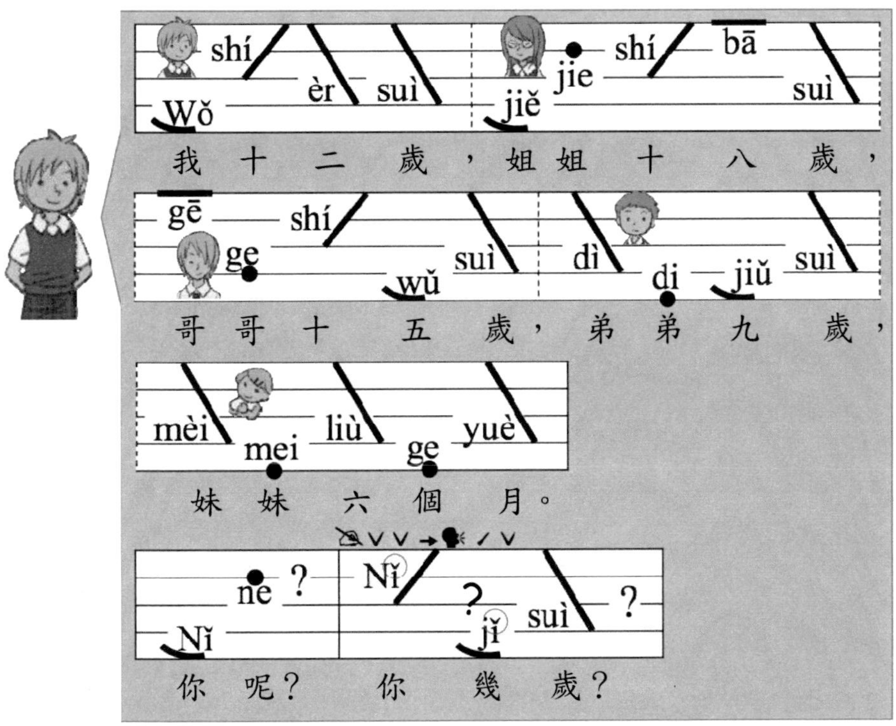

Wǒ shí èr suì　jiě jie shí bā suì
我 十 二 歲，姐 姐 十 八 歲，
gē ge shí wǔ suì　dì di jiǔ suì
哥 哥 十 五 歲，弟 弟 九 歲，
mèi mei liù ge yuè
妹 妹 六 個 月。
Nǐ ne ?　Nǐ jǐ suì ?
你 呢？ 你 幾 歲？

3)

A-030

我 12 歲，你幾歲？
Wǒ shíèr suì nǐ jǐ suì
shí nǐ
èr suì suì ?
Wǒ jǐ

我 十 二 歲，你 幾 歲？

	零 líng	一 yī	二 èr	三 sān	四 sì	五 wǔ	六 liù	七 qī	八 bā	九 jiǔ
	ˊ 0	ˉ 1	ˋ 2	ˉ 3	ˋ 4	ˇ 5	ˋ 6	ˉ 7	ˉ 8	ˇ 9
十 shí	ˊ 10	ˊˉ 11	ˊˋ 12	ˊˉ 13	ˊˋ 14	ˊˇ 15	ˊˋ 16	ˊˉ 17	ˊˉ 18	ˊˇ 19
二十 èr shí	ˋˊ 20	ˋˊˉ 21	ˋˊˋ 22	ˋˊˉ 23	ˋˊˋ 24	ˋˊˇ 25	ˋˊˋ 26	ˋˊˉ 27	ˋˊˉ 28	ˋˊˇ 29
三十 sān shí	ˉˊ 30	ˉˊˉ 31	ˉˊˋ 32	ˉˊˉ 33	ˉˊˋ 34	ˉˊˇ 35	ˉˊˋ 36	ˉˊˉ 37	ˉˊˉ 38	ˉˊˇ 39
四十 sì shí	ˋˊ 40	ˋˊˉ 41	ˋˊˋ 42	ˋˊˉ 43	ˋˊˋ 44	ˋˊˇ 45	ˋˊˋ 46	ˋˊˉ 47	ˋˊˉ 48	ˋˊˇ 49
五十 wǔ shí	ˇˊ 50	ˇˊˉ 51	ˇˊˋ 52	ˇˊˉ 53	ˇˊˋ 54	ˇˊˇ 55	ˇˊˋ 56	ˇˊˉ 57	ˇˊˉ 58	ˇˊˇ 59
六十 liù shí	ˋˊ 60	ˋˊˉ 61	ˋˊˋ 62	ˋˊˉ 63	ˋˊˋ 64	ˋˊˇ 65	ˋˊˋ 66	ˋˊˉ 67	ˋˊˉ 68	ˋˊˇ 69
七十 qī shí	ˉˊ 70	ˉˊˉ 71	ˉˊˋ 72	ˉˊˉ 73	ˉˊˋ 74	ˉˊˇ 75	ˉˊˋ 76	ˉˊˉ 77	ˉˊˉ 78	ˉˊˇ 79
八十 bā shí	ˉˊ 80	ˉˊˉ 81	ˉˊˋ 82	ˉˊˉ 83	ˉˊˋ 84	ˉˊˇ 85	ˉˊˋ 86	ˉˊˉ 87	ˉˊˉ 88	ˉˊˇ 89
九十 jiǔ shí	ˇˊ 90	ˇˊˉ 91	ˇˊˋ 92	ˇˊˉ 93	ˇˊˋ 94	ˇˊˇ 95	ˇˊˋ 96	ˇˊˉ 97	ˇˊˉ 98	ˇˊˇ 99

4)

🎧A-031

我的生日 2 月 17 號。
Wǒ de shēngrì èr yuè shíqī hào

二月 ▼	1994					
日	一	二	三	四	五	六
			1	2	3	4
5	6	7	8	9	10	11
12	13	14	15	16	17	18
19	20	21	22	23		25
26	27	28	29			

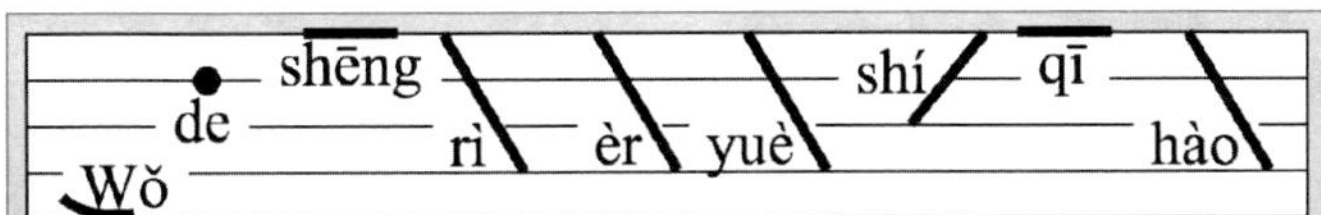

Wǒ de shēng rì èr yuè shí qī hào

我 的 生 日 二 月 十 七 號。

我的生日 10 月 25 號。
Wǒ de shēngrì shí yuè èrshíwǔ hào

十月 ▼	1997					
日	一	二	三	四	五	六
	1	2	3	4	5	6
7	8	9	10	11	12	13
14	15	16	17	18	19	20
21	22	23	24	25	26	27
28	29	30	31			

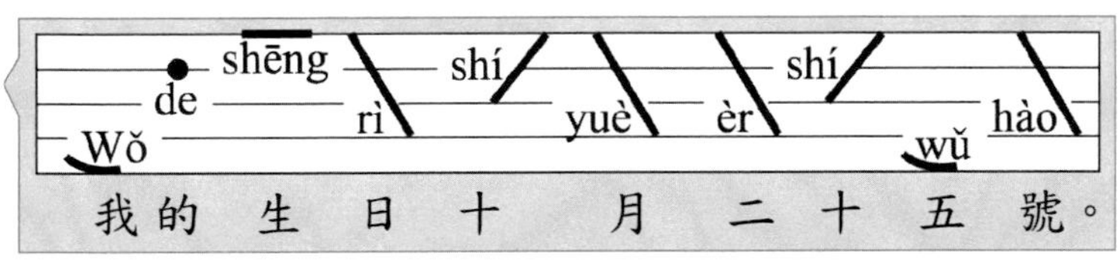

Wǒ de shēng rì shí yuè èr shí wǔ hào

我 的 生 日 十 月 二 十 五 號。

你的生日幾月幾號？
Nǐ de shēngrì jǐ yuè jǐ hào
月
日 一 二 三 四 五 六
1 2 3 4 5 6
7 8 9 10 11 12 13
14 15 16 18 19 20
21 22 23 25 26 27
28 29 30

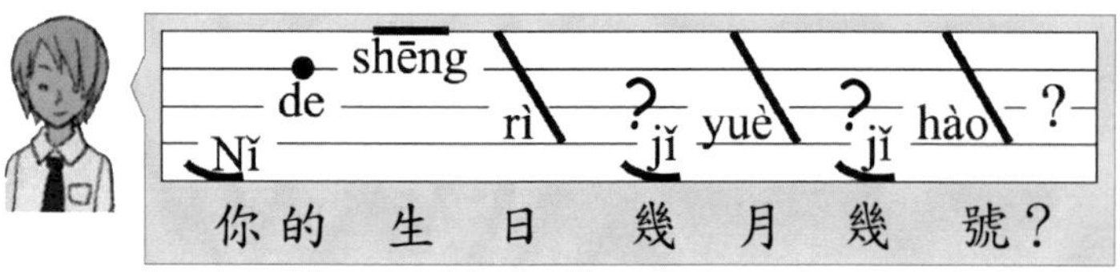
Nǐ de shēng rì jǐ yuè jǐ hào ?
你的 生 日 幾 月 幾 號？

A-032

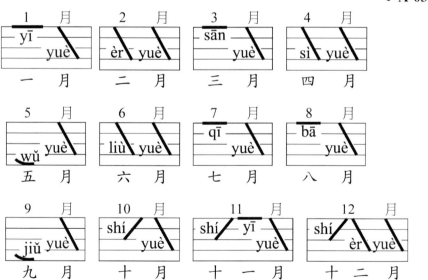

1 月 yī yuè 一 月	2 月 èr yuè 二 月	3 月 sān yuè 三 月	4 月 sì yuè 四 月
5 月 wǔ yuè 五 月	6 月 liù yuè 六 月	7 月 qī yuè 七 月	8 月 bā yuè 八 月
9 月 jiǔ yuè 九 月	10 月 shí yuè 十 月	11 月 shí yī yuè 十 一 月	12 月 shí èr yuè 十 二 月

你喜歡三明治還是漢堡？

Nǐ xǐhuān sānmíngzhì hái shì hànbǎo

A-033

1)

我喜歡蛋糕，不喜歡魚。
Wǒ xǐhuān dàn'gāo bù xǐhuān yú

你喜歡魚嗎？
Nǐ xǐhuān yú ma

喜歡。
Xǐhuān

蛋糕呢？
Dàn'gāo ne

還好。
Hái hǎo

不太喜歡
bú tài xǐhuān
不喜歡
bù xǐhuān
還好
hái hǎo
喜歡
xǐhuān

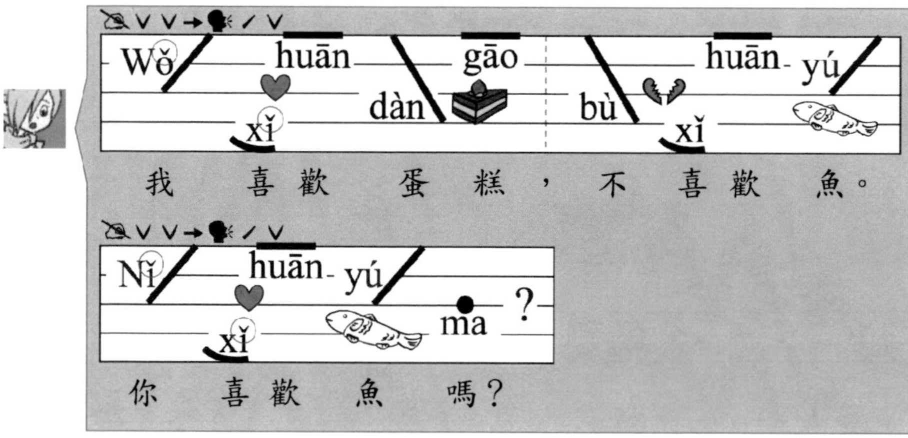
Wǒ xǐ huān dàn gāo, bù xǐ huān yú
我喜歡蛋糕，不喜歡魚。
Nǐ xǐ huān yú ma?
你喜歡魚嗎？

Xǐ huān
喜歡。

Dàn gāo ne?
蛋糕呢？

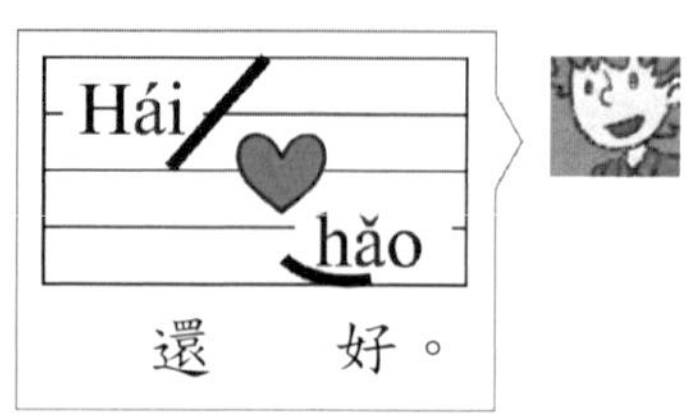
Hái hǎo
還好。

2) 	A-035

你喜歡三明治還是漢堡？
Nǐ xǐhuān sānmíngzhì hái shì hànbǎo

我喜歡漢堡。妳呢？
Wǒ xǐhuān hànbǎo Nǐ ne

三明治、漢堡，我都喜歡。
Sānmíngzhì hànbǎo wǒ dōu xǐhuān

Nǐ xǐ huān sān míng zhì hái shì hàn bǎo?

你 喜 歡 三 明 治 還 是 漢 堡？

Wǒ xǐ huān hàn bǎo Nǐ ne?

我 喜 歡 漢 堡。妳 呢？

Sān míng zhì hàn bǎo wǒ dōu xǐ huān

三 明 治、漢 堡，我 都 喜 歡。

A-037

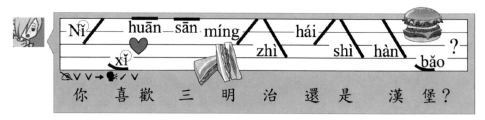

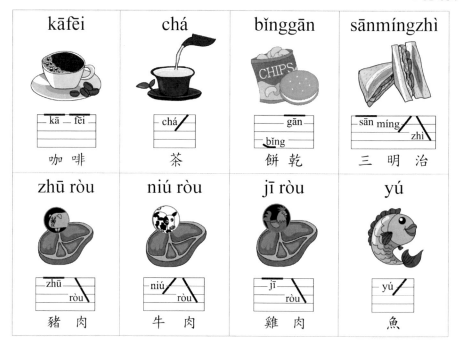

kāfēi	chá	bǐnggān	sānmíngzhì
			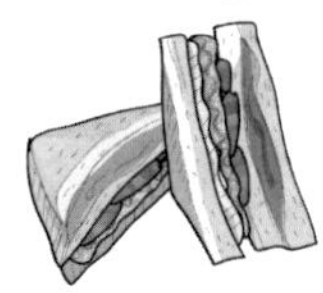
kā fēi	chá	bǐng gān	sān míng zhì
咖 啡	茶	餅 乾	三 明 治
zhū ròu	**niú ròu**	**jī ròu**	**yú**
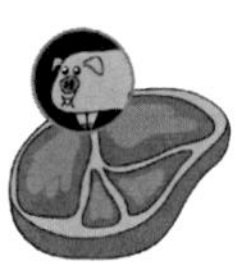			
zhū ròu	niú ròu	jī ròu	yú
豬 肉	牛 肉	雞 肉	魚

CHIPS

3) **A-038**

妳要可樂還是果汁？
Nǐ yào kělè hái shì guǒzhī

我都不要。可以給我一杯水嗎？
Wǒ dōu bú yào Kěyǐ gěi wǒ yì bēi shuǐ ma

好。
Hǎo

謝謝。
Xièxie

A-039

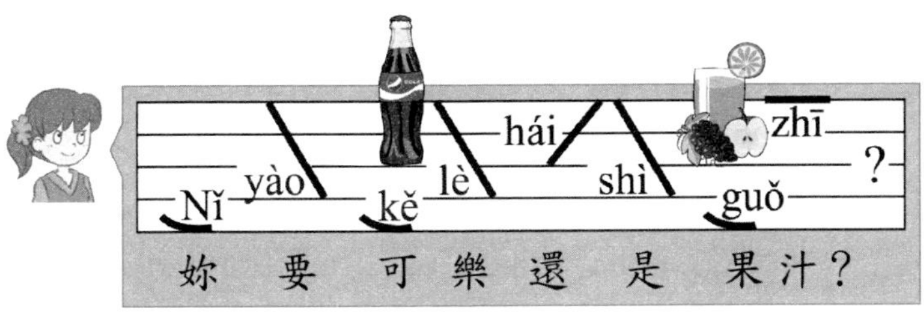

Nǐ yào kě lè hái shì guǒ zhī ?
妳 要 可 樂 還 是 果 汁？

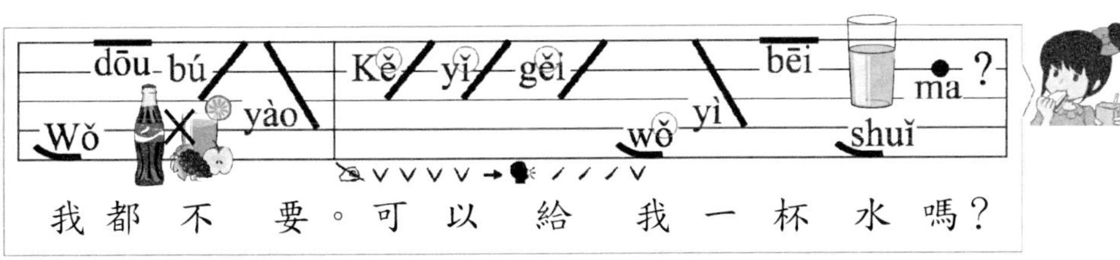

Wǒ dōu bú yào Kě yǐ gěi wǒ yì bēi shuǐ ma ?
我 都 不 要。可 以 給 我 一 杯 水 嗎？

Hǎo
好。

Xiè xie
謝 謝。

A-040

hànbǎo

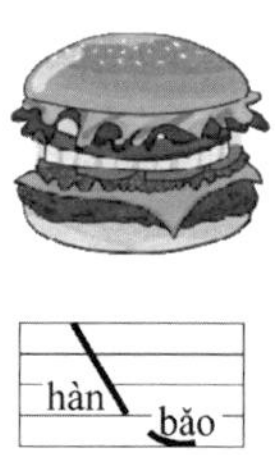
hàn
bǎo

漢 堡

shǔtiáo

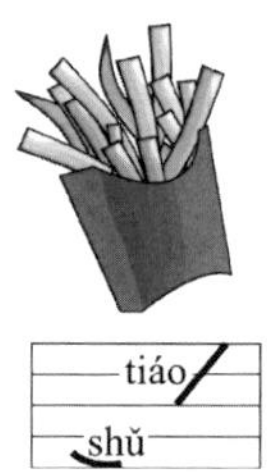
tiáo
shǔ

薯 條

guǒzhī

zhī
guǒ

果 汁

xiǎolóngbāo

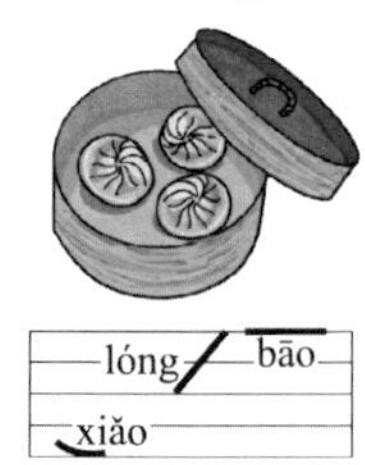
lóng
bāo
xiǎo

小 籠 包

tiántiánquān

tián
tián
quān

甜 甜 圈

bīngqílín

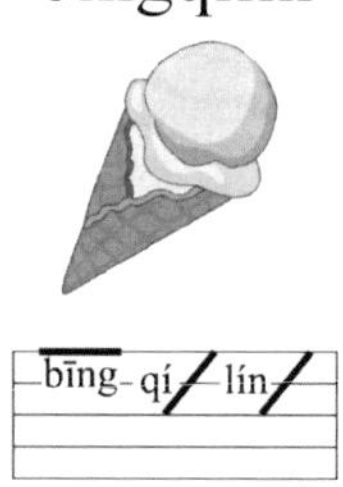
bīng
qí
lín

冰 淇 淋

píjiǔ

pí
jiǔ

啤 酒

shuǐjiǎo

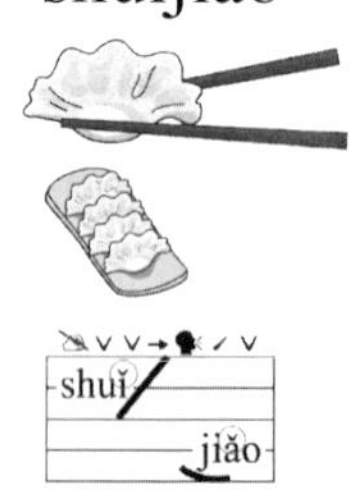
shuǐ
jiǎo

水 餃

4) **A-041**

妳喜歡台灣的水果嗎？
Nǐ xǐhuān Táiwān de shuǐguǒ ma

喜歡。
Xǐhuān

妳喜歡哪一 種 水果？
Nǐ xǐhuān nǎ yì zhǒng shuǐguǒ

我喜歡 香蕉、鳳梨和葡萄。
Wǒ xǐhuān xiāngjiāo fènglí hàn pútáo

&

A-042

Nǐ huān Tái wān shuǐ ma ?
xǐ de guǒ
妳 喜 歡 台 灣 的 水 果 嗎？

huān
Xǐ
喜 歡。

Nǐ xǐ huān nǎ yì zhǒng shuǐ guǒ?

妳　喜歡　哪一　種　水　果？

Wǒ xǐ huān xiāng jiāo fèng lí hàn & pú táo

我　喜歡　香　蕉、鳳梨　和　葡　萄。

A-043

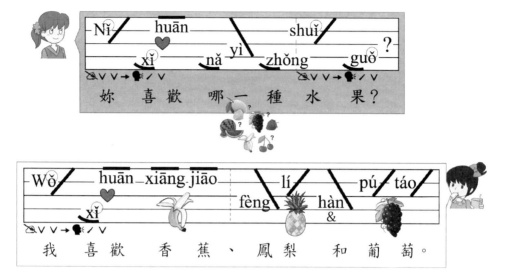

xīguā	xiāngjiāo	pútáo	níngméng

xī guā	xiāng jiāo	pú táo	níng méng
西　瓜	香　蕉	葡　萄	檸　檬
píngguǒ	cǎoméi	fènglí	júzi

píng guǒ	cǎo méi	fèng lí	jú zi
蘋　果	草　莓	鳳　梨	橘　子

自我介紹
Zì wǒ jièshào

A-044

例子：
lìzi

你們好！我叫 高 保泰，我是日本人，今年二十四歲，我的
Nǐmen hǎo Wǒ jiào Gāo Bǎo-tài wǒ shì Rìběn rén jīnnián èr shí sì suì wǒ de

生日 是八月八號。我家有五個人，爸爸、媽媽和 兩 個妹妹。
shēngrì shì bā yuè bā hào Wǒ jiā yǒu wǔ ge rén bàba māma hàn liǎng ge mèimei

一個妹妹二十一歲，在 香港 ，一個妹妹十九歲，也在台灣，
Yí ge mèimei èr shí yī suì zài Xiānggǎng yí ge mèimei shí jiǔ suì yě zài Táiwān

她和爸爸、媽媽三個人都在台北，我一個人在 高雄。
tā hàn bàba māma sān ge rén dōu zài Táiběi wǒ yí ge rén zài Gāoxióng

我的手機號碼是零 九三三–七七二–五五三。很 高興 認識
Wǒ de shǒujī hàomǎ shì líng jiǔ sān sān qī qī èr wǔ wǔ sān hěn gāoxìng rènshi
0 9 3 3 - 7 7 2 - 5 5 3

你們。
nǐmen

A-045

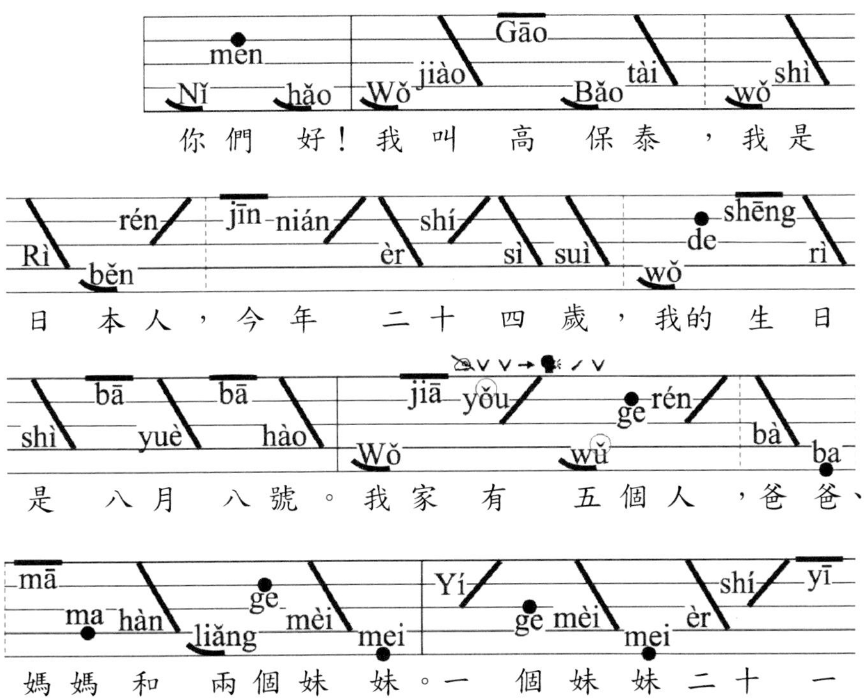

Nǐ men hǎo Wǒ jiào Gāo Bǎo tài wǒ shì
你 們 好！我 叫 高 保 泰 ，我 是
Rì běn rén jīn nián èr shí sì suì wǒ de shēng rì
日 本 人，今 年 二 十 四 歲 ，我的 生 日
shì bā yuè bā hào Wǒ jiā yǒu wǔ ge rén bà ba
是 八 月 八 號 。我 家 有 五 個 人 ，爸 爸、
mā ma hàn liǎng ge mèi mei Yí ge mèi mei èr shí yī
媽 媽 和 兩 個 妹 妹 。一 個 妹 妹 二 十 一

suì zài Xiāng gǎng yí ge mèi mei shí jiǔ suì yě

歲，在香港，一個妹妹十九歲，也

zài Tái wān tā hàn bà ba mā ma sān ge rén

在台灣，她和爸爸、媽媽三個人

dōu zài Tái běi wǒ yí ge rén zài Gāo xióng

都在台北，我一個人在高雄。

Wǒ de shǒu jī hào mǎ shì líng jiǔ sān sān

我的手機號碼是零九三三

0 9 3 3 -

qī qī èr wǔ wǔ sān Hěn gāo xìng rèn shì nǐ men

七七二－五五三。很高興認識你們。

- 7 7 2 - 5 5 3

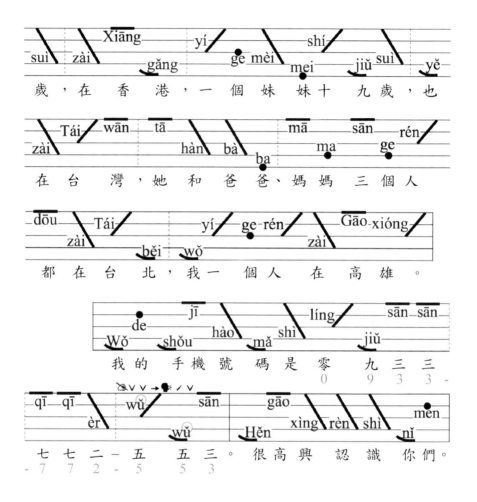

第五課 這個多少錢？
Dì wǔ kè　　Zhèige duōshǎo qián

5

1)　　A-046

老闆，
Lǎobǎn
這個多少錢？
zhèige duōshǎo qián
兩百八。
Liǎng bǎi bā
(280)
這個呢？
Zhèige ne
那個兩百五。
Nèige liǎng bǎi wǔ
(250)
好，我要這個。
Hǎo wǒ yào zhèige
給你三百。
Gěi nǐ sān bǎi
找妳五十。
Zhǎo nǐ wǔ shí

Lǎo bǎn zhèi ge duō shǎo qián?

老闆，這個多少錢？

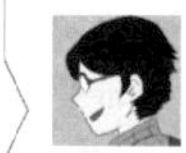

Liǎng bǎi bā

兩百八。

zhèi ge ne?

這個呢？

Nèi ge liǎng bǎi wǔ

那個兩百五。

Hǎo wǒ yào zhèi ge Gěi nǐ sān bǎi

好，我要這個。給你三百。

Zhǎo nǐ wǔ shí

找妳五十。

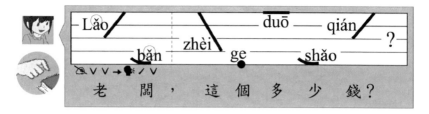

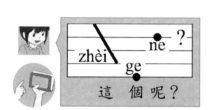

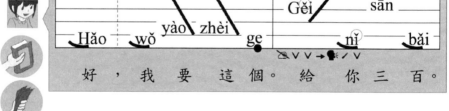

2)

億 yì				萬 wàn				千 qiān	百 bǎi	拾 shí 十	
千 qiān	百 bǎi	拾 shí 十		千 qiān	百 bǎi	拾 shí 十					
										1	0
										1	3
										1	9
									2	1	0
								1	5	1	3
							2	2	6	1	9
						1	2	6	0	0	2
					3	1	1	8	0	5	0
				2	9	1	5	0	0	0	7
			1	0	0	1	4	0	0	0	0

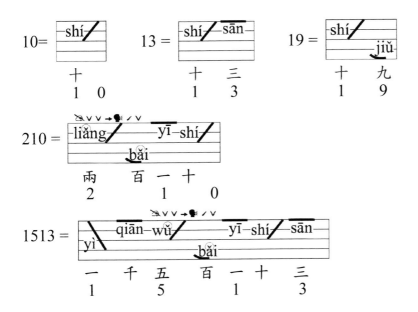

A-048

10=

shí
十
1 0

13 =
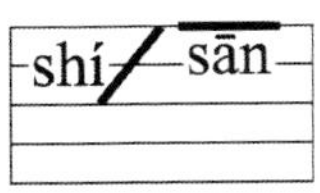
shí
sān
十 三
1 3

19 =
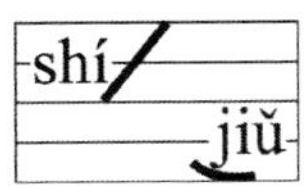
shí
jiǔ
十 九
1 9

210 =

liǎng
yī
shí
bǎi
兩 百 一 十
2 1 0

1513 =

yì
qiān
wǔ
yī
shí
sān
bǎi
一 千 五 百 一 十 三
1 5 1 3

22619 =

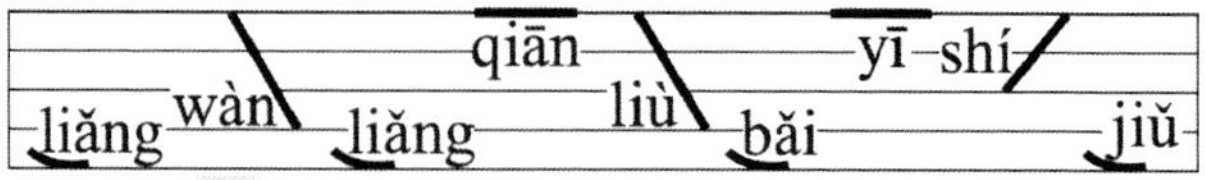
liǎng wàn liǎng qiān liù bǎi yī shí jiǔ

兩 萬 兩 千 六 百 一 十 九
2 2 6 1 9

126002 =

shí èr wàn liù qiān líng èr

十 二 萬 六 千 零 二
1 2 6 00 2

3118050 =

sān bǎi yī shí yī wàn bā qiān líng wǔ shí

三 百 一 十 一 萬 八 千 零 五十
3 1 1 8 0 5 0

29150007 =

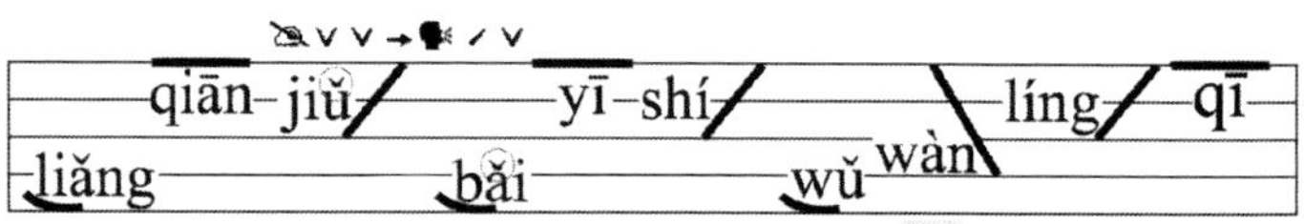
liǎng qiān jiǔ bǎi yī shí wǔ wàn líng qī

兩 千 九 百 一 十 五 萬 零 七
2 9 1 5 000 7

100140000 =

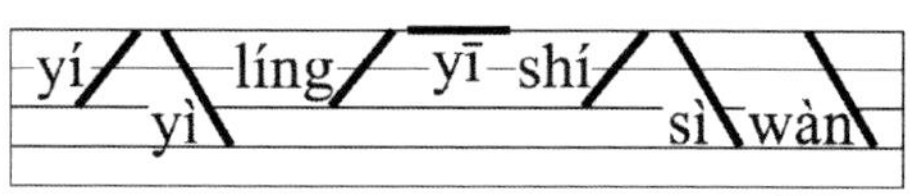
yí yì líng yī shí sì wàn

一 億 零 一 十 四 萬
1 00 1 4 0000

例子： 15 = 十五

1. 12 = ______ 2. 512 = ______________ 3. 604 = ______________

4. 720 = ____________ = 七百二 5. 2002 = ________________

6. 2020 = ____________ 7. 2200 = ____________ = ________

8. 14900 = ______________________ = _________________________

9. 559900= ______________________ = _________________________

10. 222222= ____

11. 7110300 = ____

3)

A-049

?$
65.- *?
這一個麵包 多少 錢？
Zhè yí ge miànbāo duōshǎo qián
那個 65 塊 錢。
Nèige liùshíwǔ kuài qián
你要幾個？
Nǐ yào jǐ ge
我 要 兩個。
Wǒ yào liǎng ge

A-050

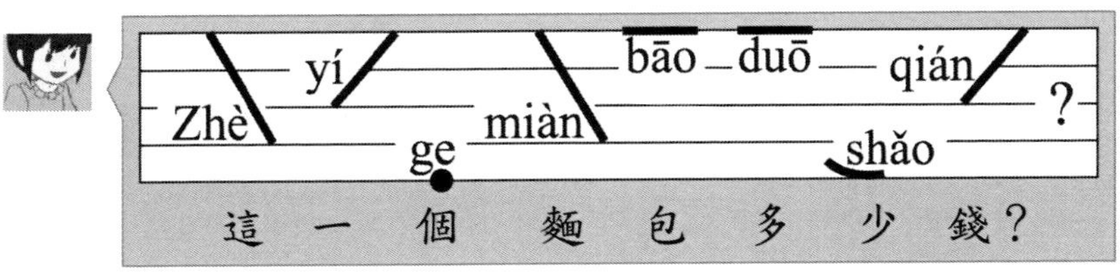
Zhè yí ge miàn bāo duō shǎo qián ?
這 一 個 麵 包 多 少 錢？

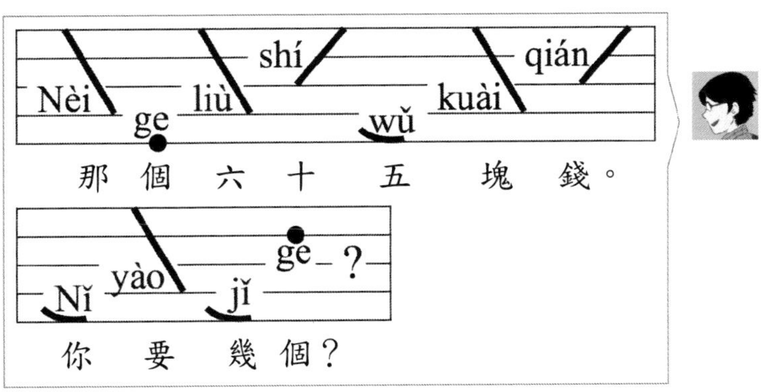
Nèi ge liù shí wǔ kuài qián
那 個 六 十 五 塊 錢。
Nǐ yào jǐ ge ?
你 要 幾 個？

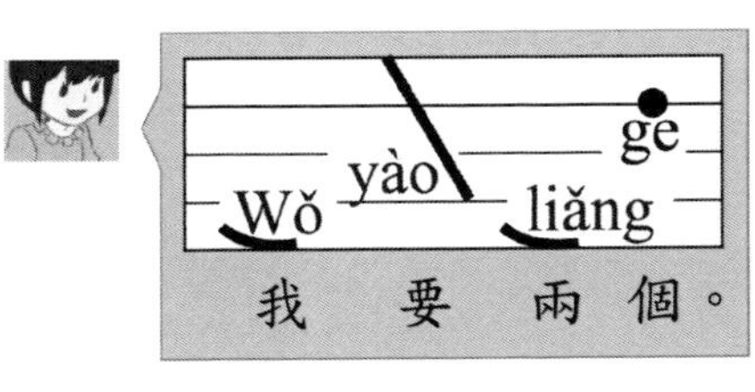
Wǒ yào liǎng ge
我 要 兩 個。

4)

①

A-051

1	一 yī
2	二 èr
3	三 sān
4	四 sì
5	五 wǔ
6	六 liù

★ 一 yí	★ 個 ge	漢堡 hànbǎo
兩 liǎng	個 ge	甜甜圈 tiántiánquān
三 sān	個 ge	冰淇淋 bīngqílín
四 sì	個 ge	麵包 miànbāo
五 wǔ	個 ge	蘋果 píngguǒ
六 liù	個 ge	小籠包 xiǎolóngbāo
⋮		
幾 jǐ	個 ge	……………?

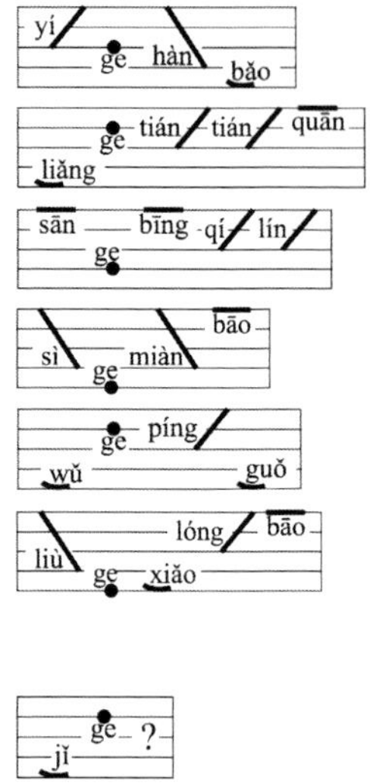

yí ge hàn bǎo
liǎng ge tián tián quān
sān ge bīng qí lín
sì ge miàn bāo
wǔ ge píng guǒ
liù ge xiǎo lóng bāo
jǐ ge ?

②

A-052

1	一 yī
2	二 èr
3	三 sān

★ 一 yì	★ 杯 bēi	咖啡 kāfēi
兩 liǎng	杯 bēi	茶 chá
三 sān	杯 bēi	果汁 guǒzhī
⋮		
幾 jǐ	杯 bēi	……………?

yì bēi kā fēi
liǎng bēi chá
sān bēi guǒ zhī
jǐ bēi ?

③

A-053

1	一 yī
2	二 èr
3	三 sān

★ 一 yì	★ 瓶 píng	啤酒 píjiǔ
兩 liǎng	瓶 píng	水 shuǐ
三 sān	瓶 píng	可樂 kělè
⋮		
幾 jǐ	瓶 píng	……………?

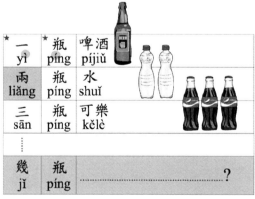

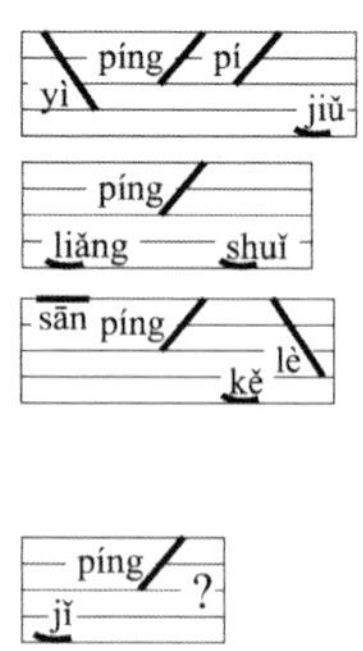

yì píng pí jiǔ
liǎng píng shuǐ
sān píng kě lè
jǐ píng ?

④ **A-054**

1	一 yī
2	二 èr
3	三 sān

★ 一 yì	★ 本 běn	書 shū
兩 liǎng	本 běn	雜誌 zázhì
三 sān	本 běn	筆記本 bǐjìběn
⋮		
幾 jǐ	本 běn	……………………?

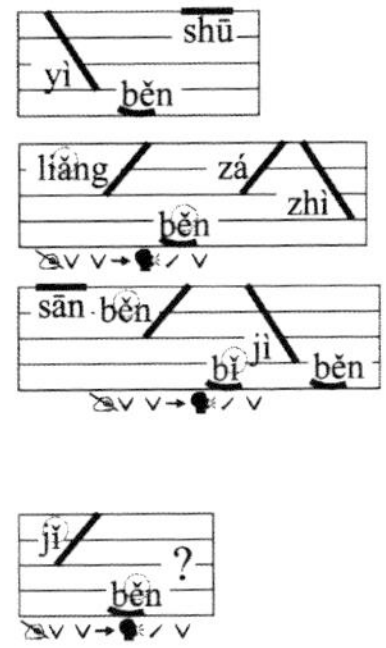
yì běn shū
liǎng běn zá zhì
sān běn bǐ jì běn
jǐ běn ?

⑤ **A-055**

1	一 yī
2	二 èr
3	三 sān

★ 一 yí	★ 塊 kuài	蛋糕 dàn‘gāo
兩 liǎng	塊 kuài	餅乾 bǐnggān
三 sān	塊 kuài	巧克力 qiǎokèlì
⋮		
幾 jǐ	塊 kuài	……………………?

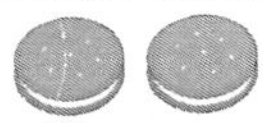

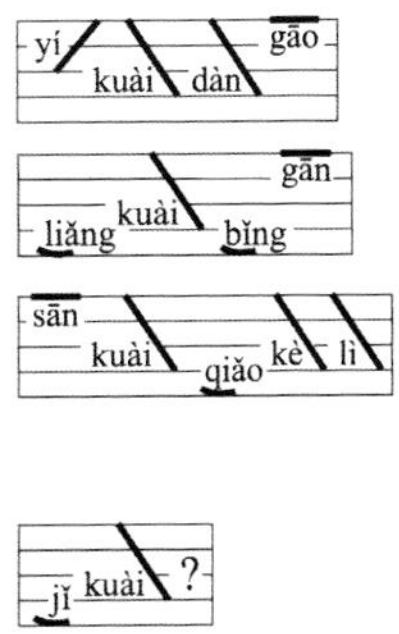
yí kuài dàn gāo
liǎng kuài bǐng gān
sān kuài qiǎo kè lì
jǐ kuài ?

⑥ **A-056**

1	一 yī
2	二 èr
3	三 sān

★ 一 yí	★ 罐 guàn	糖果 tángguǒ
兩 liǎng	罐 guàn	汽水 qìshuǐ
三 sān	罐 guàn	可樂 kělè
⋮		
幾 jǐ	罐 guàn	……………………?

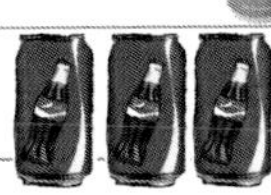

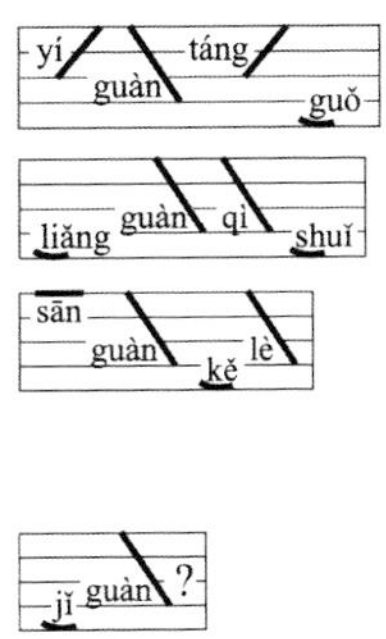
yí guàn táng guǒ
liǎng guàn qì shuǐ
sān guàn kě lè
jǐ guàn ?

5) A-057

①
這 一 個 → 這 個
Zhè yí ge → Zhèi ge

那 一 個 → 那 個
Nà yí ge → Nèi ge

這 一 杯 → 這 杯
Zhè yì bēi → Zhèi bēi

那 一 杯 → 那 杯
Nà yì bēi → Nèi bēi

這 一 些 → 這 些
Zhè yì xiē → Zhèi xiē

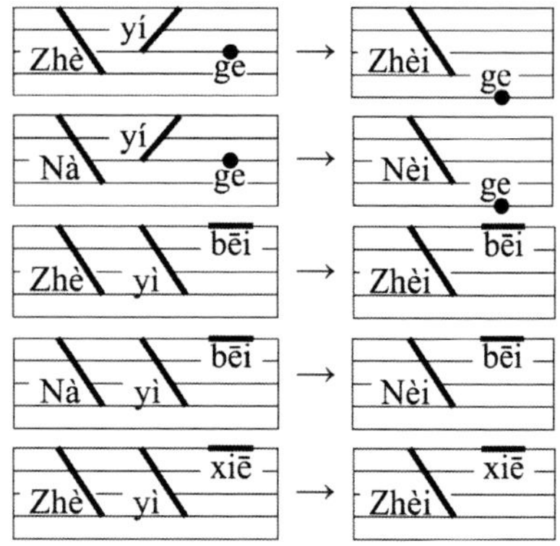

Zhè yí ge → Zhèi ge
Nà yí ge → Nèi ge
Zhè yì bēi → Zhèi bēi
Nà yì bēi → Nèi bēi
Zhè yì xiē → Zhèi xiē

A-058

②

一 yì	第一聲 dì yī shēng	
	杯 bēi	咖啡 kāfēi 
	枝 zhī	筆 bǐ 
	雙 shuāng	鞋子 xiézi 
	第二聲 dì èr shēng	
	瓶 píng	啤酒 píjiǔ 
	台 tái	電腦 diànnǎo 
	第三聲 dì sān shēng	
	本 běn	雜誌 zázhì 
	把 bǎ	椅子 yǐzi 
一 yí	第四聲 dì sì shēng	
	塊 kuài	蛋糕 dàn'gāo 
	輛 liàng	摩托車 mótuōchē 
	輕聲 qīngshēng	
	個 ge	人 rén 

③

例子：yì bēi kāfēi
lìzi

1. yi☐ wèi péngyǒu
2. yi☐ zhāng chuáng
3. yi☐ pán cài
4. yi☐ jiàn yīfu
5. yi☐ gòng
6. yi☐ qǐ

6) **A-059**

老闆，你有沒有零錢？
Lǎobǎn nǐ yǒu méiyǒu língqián
可不可以換？
Kě bù kěyǐ huàn
有，你要換多少？
Yǒu nǐ yào huàn duōshǎo
我有一張五百塊的，我要換
Wǒ yǒu yì zhāng wǔ bǎi kuài de wǒ yào huàn
四張一百塊的，兩個五十塊的。
sì zhāng yì bǎi kuài de liǎng ge wǔ shí kuài de
好，請等一下。
Hǎo qǐng děng yí xià
嗯....四張一百、兩個五十。給妳。
Ēn sì zhāng yì bǎi liǎng ge wǔ shí Gěi nǐ
請點一下。
Qǐng diǎn yí xià

A-060

Lǎobǎn nǐ yǒu méi yǒu língqián?

老闆，你有沒有零錢？

Kě bù kě yǐ huàn?

可不可以換？

Yǒu nǐ yào huàn duōshǎo?

有，你要換多少？

Wǒ yǒu yì zhāng wǔ bǎi kuài de, wǒ yào huàn

我有一張五百塊的，我要換

sì zhāng yì bǎi kuài de, liǎng ge wǔ shí kuài de

四張一百塊的，兩個五十塊的。

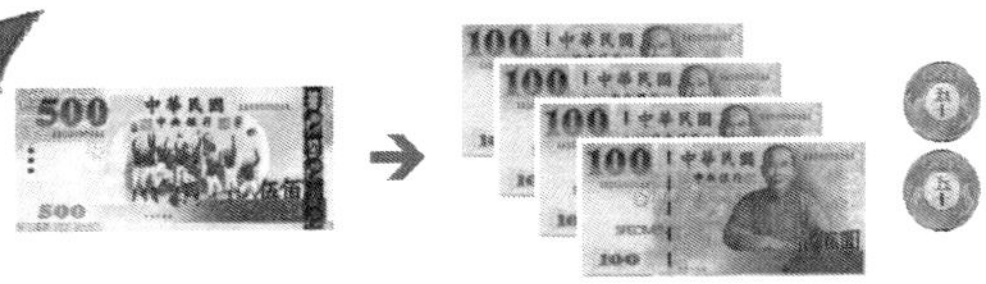

Hǎo, qǐng děng yí xià.

好，請等一下。

Ēn

嗯....

sì zhāng yì bǎi liǎng ge wǔ shí Gěi nǐ

四張一百、兩個五十。給妳。

Qǐng diǎn yí xià

請點一下。

7)

A-061

① 這是你的手機嗎？
Zhè shì nǐ de shǒujī ma

＝這是不是你的手機？
Zhè shì bú shì nǐ de shǒujī

② 你有零錢嗎？
Nǐ yǒu língqián ma

＝你有沒有零錢？
Nǐ yǒu méiyǒu língqián

③ 可以換零錢嗎？
Kěyǐ huàn língqián ma

＝可以不可以換零錢？
Kěyǐ bù kěyǐ huàn língqián

＝可不可以換零錢？
Kě bù kěyǐ huàn língqián

④ 你喜歡咖啡嗎？
Nǐ xǐhuān kāfēi ma

＝你喜歡不喜歡咖啡？
Nǐ xǐ huān bù xǐhuān kāfēi

＝你喜不喜歡咖啡？
Nǐ xǐ bù xǐhuān kāfēi

⑤ 例子 1：＿○＿ 你好嗎？
lìzi　Nǐ hǎo ma

例子 2：＿✕＿ 你好不好嗎？
lìzi　Nǐ hǎo bù hǎo ma

1. ＿＿＿＿你是日本人嗎？
Nǐ shì Rìběn rén ma

2. ＿＿＿＿你是不是學生嗎？
Nǐ shì bú shì xuéshēng ma

3. ＿＿＿＿你有不有零錢？
Nǐ yǒu bù yǒu língqián

4. ＿＿＿＿這是你的鉛筆嗎？
Zhè shì nǐ de qiānbǐ ma

5. ＿＿＿＿這是什麼嗎？
Zhè shì shénme ma

6. ＿＿＿＿這兩個麵包是誰的？
Zhè liǎng ge miànbāo shì shéi de

7. ＿＿＿＿你有零錢嗎？可以不可以換？
Nǐ yǒu língqián ma　Kěyǐ bù kěyǐ huàn

8. ＿＿＿＿你要換多少嗎？
Nǐ yào huàn duōshǎo ma

8)

A-062

不	
不 bù	第一聲 dì yī shēng
	吃 chī
	喝 hē
	第二聲 dì èr shēng
	行 xíng
	可以 kěyǐ ˇ ˇ → ˊ ˇ
	第三聲 dì sān shēng
	喜歡 xǐhuān
	好 hǎo
不 bú	第四聲 dì sì shēng
	是 shì
	要 yào

例子： bù hē kāfēi

1. bu___ chī miànbāo
2. bu___ lái Táiwān
3. bu___ piányí
4. bu___ kàn shū
5. bu___ mǎi dàn'gāo
6. bu___ mài shuǐ

複習
fùxí

1) 聲調 練習
Shēngdiào liànxí

①

A-063

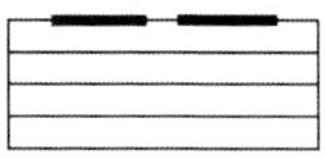

背包
bēibāo

咖啡
kāfēi

西瓜
xīguā

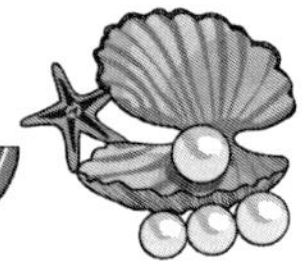
珍珠
zhēnzhū

蜘蛛
zhīzhū

香蕉
xiāngjiāo

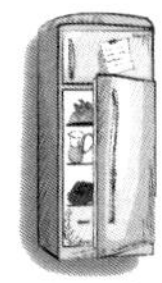
冰箱
bīngxiāng

A-064

②

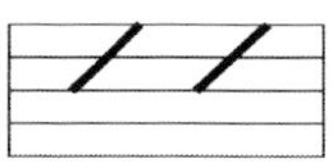

葡萄
pútáo

德國
Déguó

韓國
Hánguó

皮夾
píjiá

A-065

③

外套
wàitào

月亮
yuèliàng

漢
你
好
漢字
Hànzì

運動
yùndòng

義大利麵
Yìdàlì miàn

A-066

④

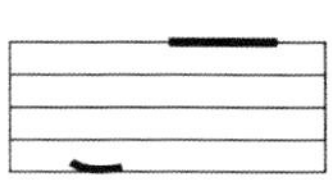

我
老師
lǎoshī

手機
shǒujī

剪刀
jiǎndāo

果汁
guǒzhī

餅乾
bǐnggān

女生
nǚshēng

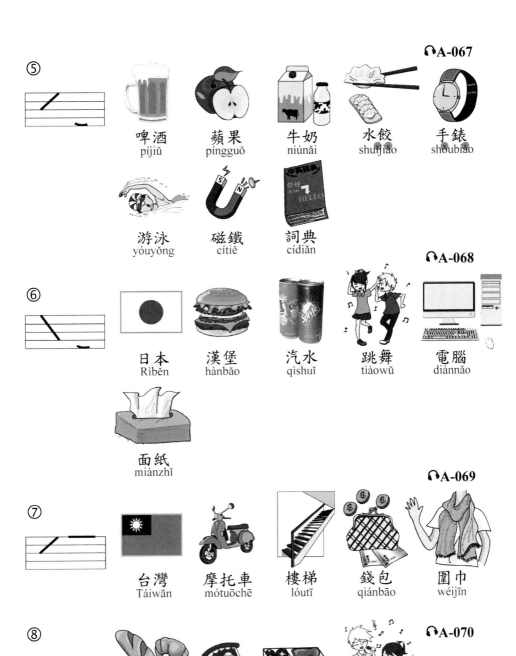

⑤

🎧A-067

啤酒
píjiǔ

蘋果
píngguǒ

牛奶
niúnǎi

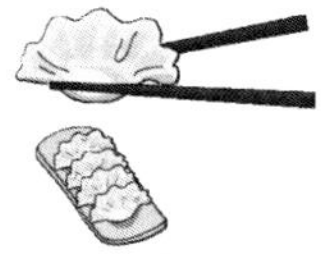
水餃
shuǐjiǎo

手錶
shǒubiǎo

游泳
yóuyǒng

磁鐵
cítiě

詞典
cídiǎn

⑥

🎧A-068

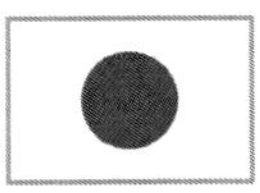
日本
Rìběn

漢堡
hànbǎo

Sprite
汽水
qìshuǐ

跳舞
tiàowǔ

電腦
diànnǎo

面紙
miànzhǐ

⑦

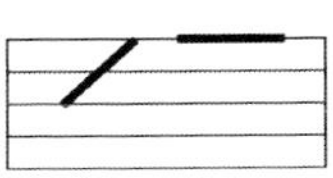

🎧A-069

台灣
Táiwān

摩托車
mótuōchē

樓梯
lóutī

錢包
qiánbāo

圍巾
wéijīn

⑧

🎧A-070

麵包
miànbāo

蛋糕
dàn'gāo

便當
biàndāng

唱歌
chànggē

A-071

⑨

泰國
Tàiguó

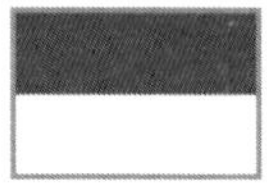

印尼
Yìnní

越南
Yuènán

鳳梨
fènglí

電池
diànchí

⑩

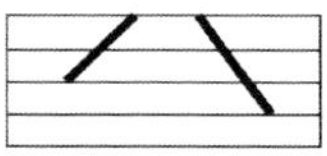

WZU CLC

雜誌
zázhì

2) 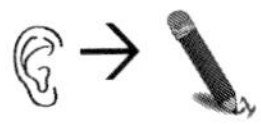 **A-072**

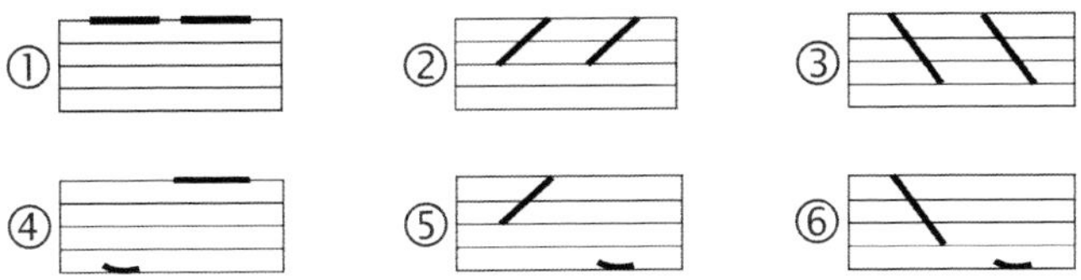

例子：<u>1</u>
lìzi

1. ______ 2. ______ 3. ______ 4. ______

5. ______ 6. ______ 7. ______ 8. ______

9. ______ 10. ______ 11. ______ 12. ______

3) 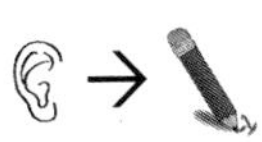 **A-073**

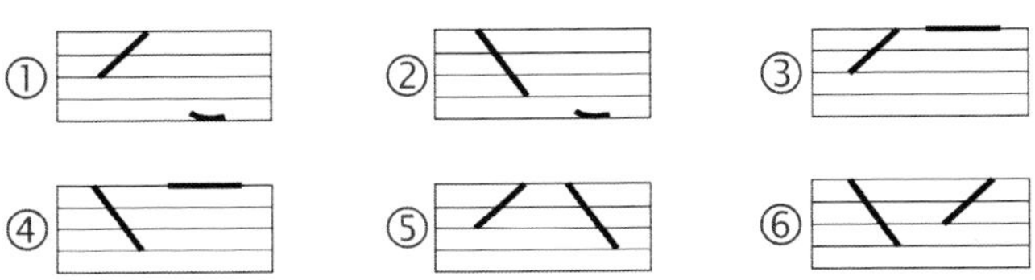

例子：<u>1</u>
lìzi

1. ______ 2. ______ 3. ______ 4. ______

5. ______ 6. ______ 7. ______ 8. ______

9. ______ 10. ______ 11. ______ 12. ______

4)

例子： 給我 ___一個___  麵包。
lìzi Gěi wǒ miànbāo

1. 我要 ________  漢堡。
Wǒ yào hànbǎo

2. 王老師要 ________  可樂。
Wáng lǎoshī yào kělè

3. 這 ________  雜誌是我的，那 ________  雜誌是他的。
Zhè zázhì shì wǒ de nà zázhì shì tā de

4. 給我 ________  茶和 ________  蛋糕。
Gěi wǒ chá hàn dàn’gāo

5. 我喜歡這 ________  鞋子。
Wǒ xǐhuān zhè xiézi

6. 這 ________  筆是誰的？
Zhè bǐ shì shéi de

聲調
Shēngdiào

聲調
Shēngdiào

聲母
Shēngmǔ

b	p	m	f
d	t	n	l
g	k	h	
j	q	x	
zh	ch	sh	r
z	c	s	

nǐ
hǎo
jiào
piàn
shēng
yī
wǒ
wǎn
yú
yún

韻母
Yùnmǔ

1

i	u	ü	
a	o	e	ê
er			

2

ai	ei	ao	ou
an	en	ang	eng

3

ia	iê → ie	iao	iou → iu
ian	ien → in	iang	ieng → ing

4

ua	uo		
uai	uei → ui		
uan	uen → un	uang	ueng
			ong

5

üan	üen → ün	üê → ue	iong

這是什麼？
Zhè shì shénme ?

B-001

這是什麼？
Zhè shì shénme
包包。
Bāo bāo

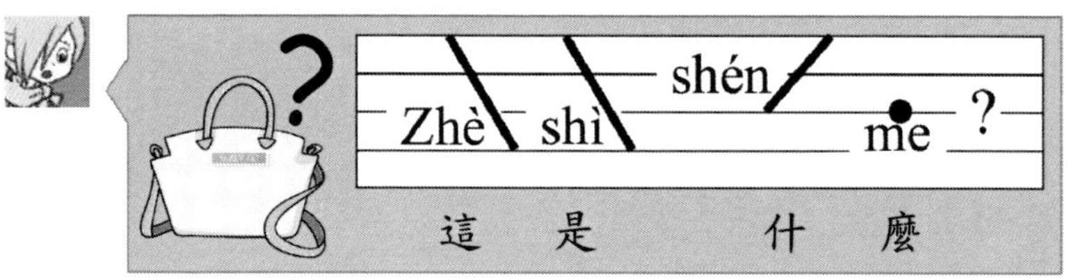
Zhè shì shén me ?
這 是 什 麼

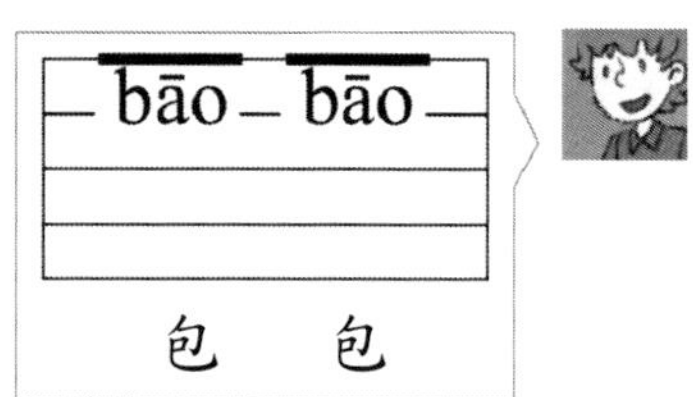
bāo bāo
包 包

1. 第一聲
Dì yī shēng

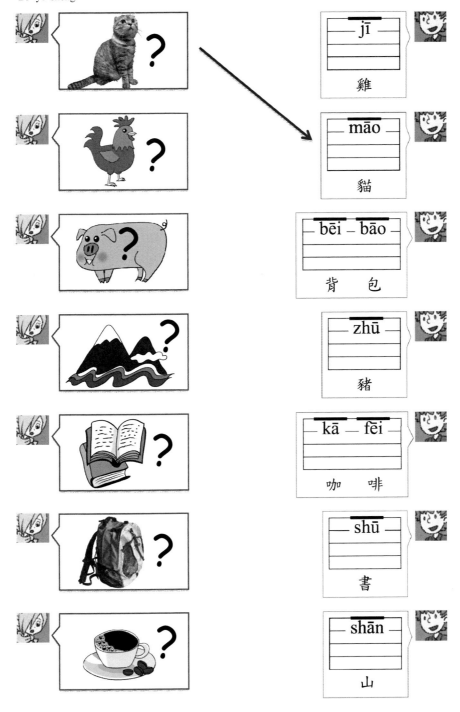

B-002

jī
雞

māo
貓

bēi bāo
背 包

zhū
豬

kā fēi
咖 啡

shū
書

shān
山

2. 第三聲
Dì sān shēng

B-003

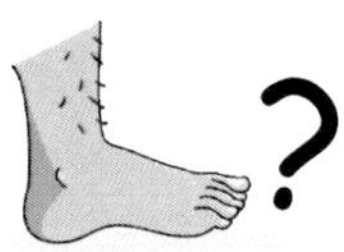

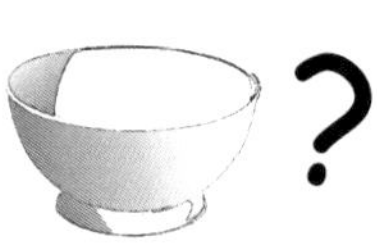

niǎo
鳥

bǐ
筆

jiǎo
腳

wǎn
碗

sǎn
傘

biǎo
錶

shǒu
手

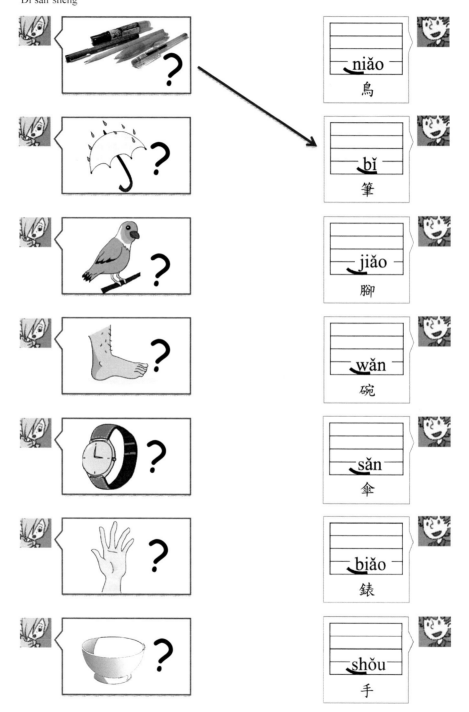

3. 第二聲
Dì èr shēng

B-004

chá
茶

yún
雲

mén
門

pú táo
葡萄

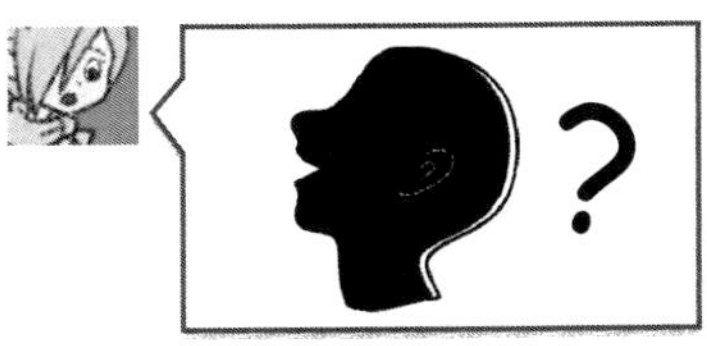

niú
牛

tóu
頭

yú
魚

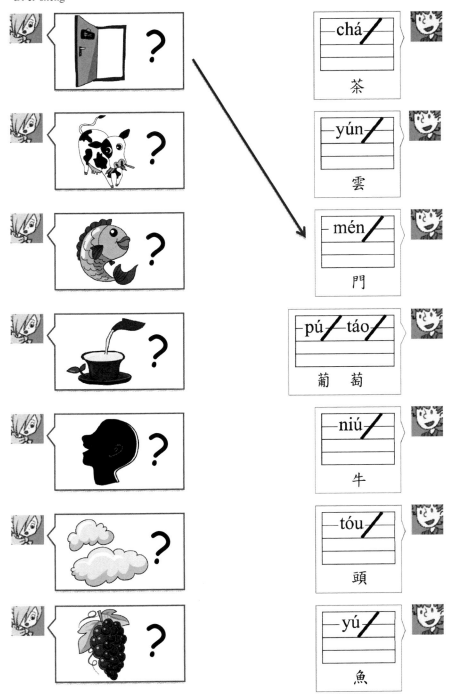

4. 第四聲
Dì sì shēng

B-005

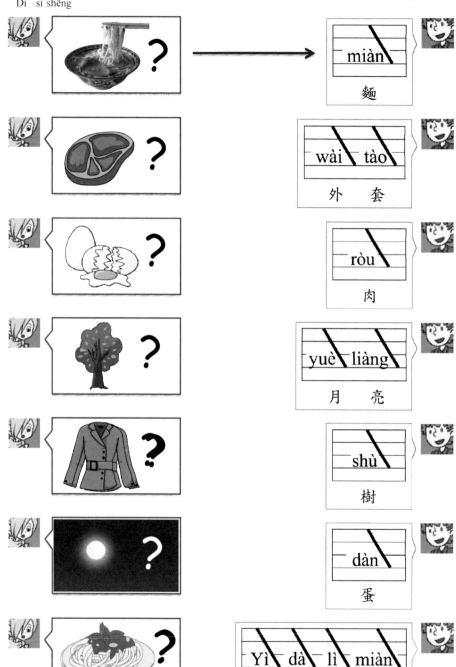

miàn
麵

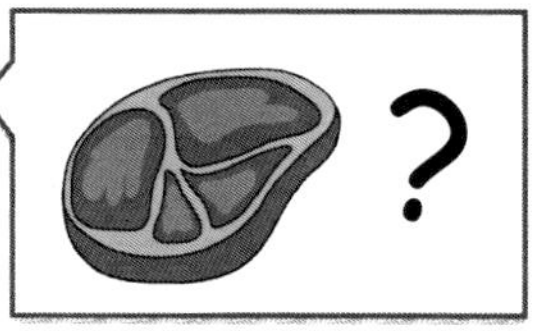

wài tào
外 套

ròu
肉

yuè liàng
月 亮

shù
樹

dàn
蛋

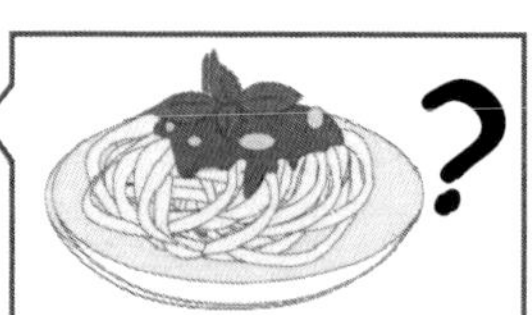

Yì dà lì miàn
義 大 利 麵

5. 聲調 練習
Shēngdiào liànxí

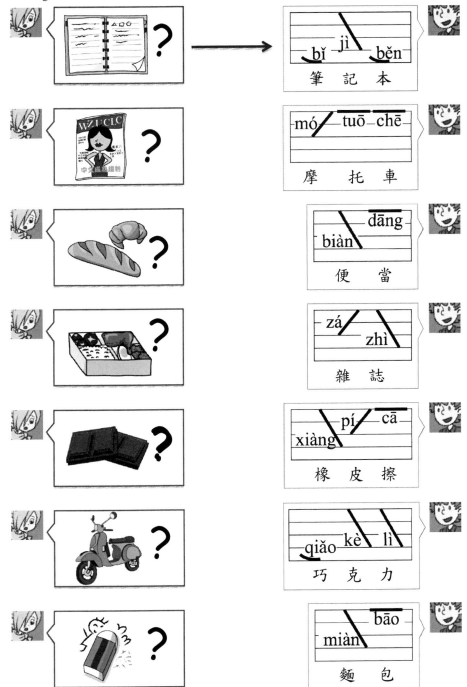

B-006

bǐ jì běn
筆 記 本

mó tuō chē
摩 托 車

biàn dāng
便 當

zá zhì
雜 誌

xiàng pí cā
橡 皮 擦

qiǎo kè lì
巧 克 力

miàn bāo
麵 包

6. 聽力練習 → B-007
tīnglì liànxí

例子
lìzi ： ☑❶ □❷ □❸ □❹

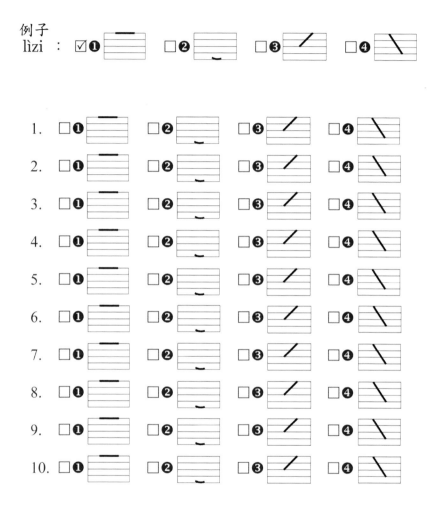

1. □❶ □❷ □❸ □❹
2. □❶ □❷ □❸ □❹
3. □❶ □❷ □❸ □❹
4. □❶ □❷ □❸ □❹
5. □❶ □❷ □❸ □❹
6. □❶ □❷ □❸ □❹
7. □❶ □❷ □❸ □❹
8. □❶ □❷ □❸ □❹
9. □❶ □❷ □❸ □❹
10. □❶ □❷ □❸ □❹

聲母
Shēngmǔ

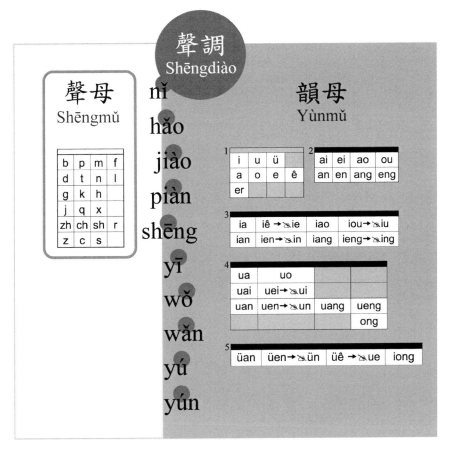

聲調
Shēngdiào

聲母
Shēngmǔ

b	p	m	f
d	t	n	l
g	k	h	
j	q	x	
zh	ch	sh	r
z	c	s	

nǐ
hǎo
jiào
piàn
shēng
yī
wǒ
wǎn
yú
yún

韻母
Yùnmǔ

1

i	u	ü	
a	o	e	ê
er			

2

ai	ei	ao	ou
an	en	ang	eng

3

ia	iê → ie	iao	iou → iu
ian	ien → in	iang	ieng → ing

4

ua	uo		
uai	uei → ui		
uan	uen → un	uang	ueng
			ong

5

üan	üen → ün	üê → ue	iong

聲母
Shēngmǔ

B-008

b	p	m	f
d	t	n	l
g	k	h	
j	q	x	
zh	ch	sh	r
z	c	s	

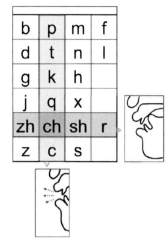

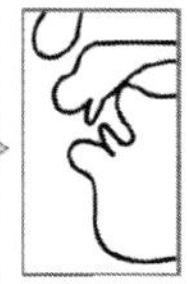

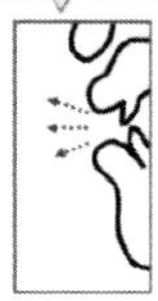

1. 聲母(一)
Shēngmǔ

b	p	m	f
d	t	n	l

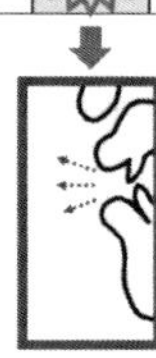

B-009

1) b ㄅ

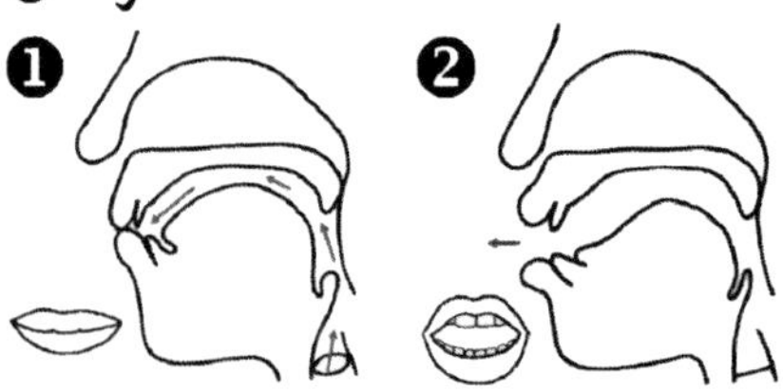
❶
❷

bēibāo shǒubiǎo

bǐ bǐjìběn

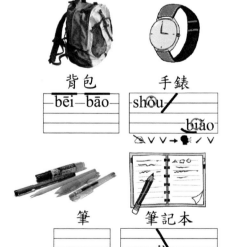

背包

bēi bāo

手錶

shǒu biǎo

筆

bǐ

筆記本

bǐ jì běn

2) p ㄆ

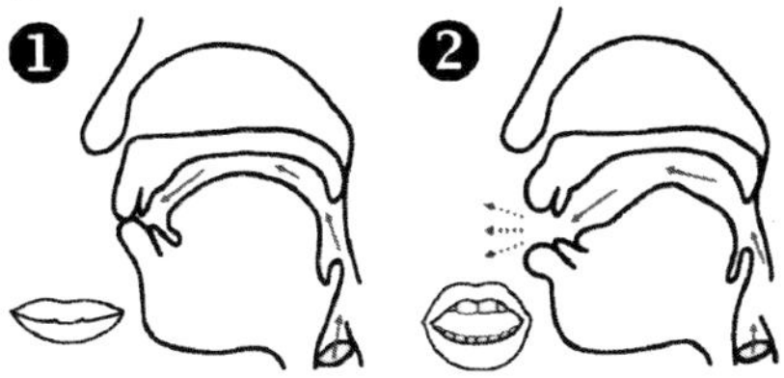

píjiǔ pútáo píngguǒ

啤酒

pí jiǔ

葡萄

pú táo

蘋果

píng guǒ

3) m ㄇ

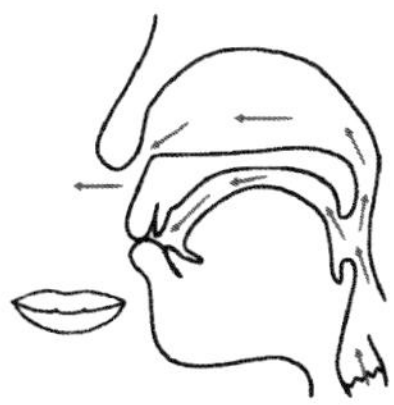

māo miàn mén

mótuōchē miànbāo

貓

māo

麵

miàn

門

mén

摩托車

mó tuō chē

麵包

miàn bāo

4) f ㄈ

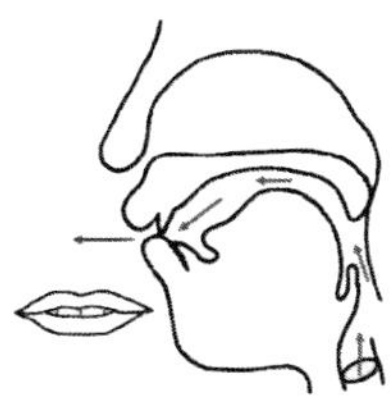

fènglí kāfēi

鳳梨

fèng lí

咖啡

kā fēi

5) d ㄉ

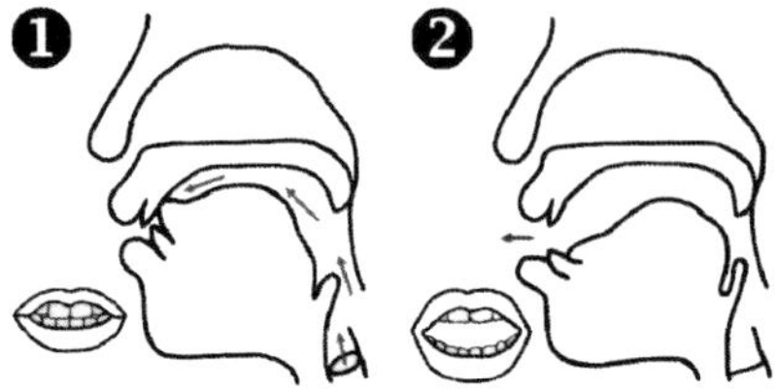

dàn dàn’gāo

biàndāng

蛋

dàn

蛋糕

dàn gāo

便當

biàn dāng

6) t ㄊ

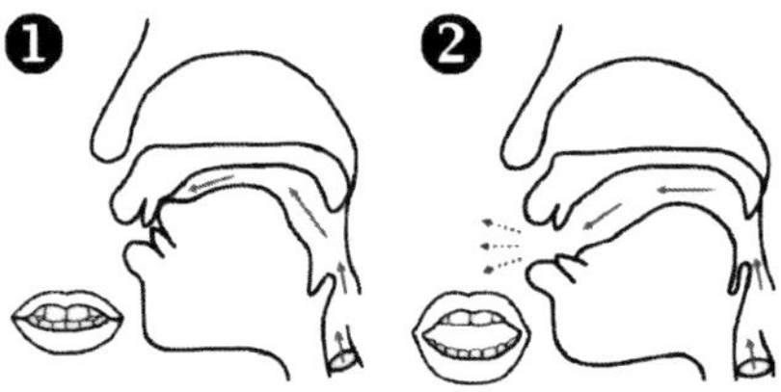

tóu tāngchí

wàitào pútáo

頭

tóu

湯匙

tāng chí

外套

wài tào

葡萄

pú táo

7) n ㄋ

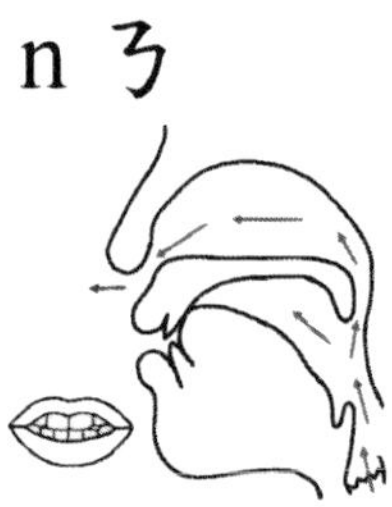

niǎo niú niúnǎi

鳥

niǎo

牛

niú

牛奶

niú nǎi

8) l ㄌ

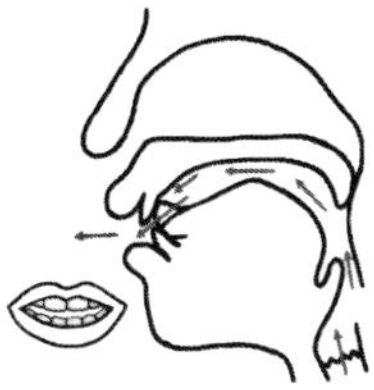

lǎoshī　yuèliàng

我

老師

lǎo shī

月亮

yuè liàng

聲母(一) 練習
Shēngmǔ liànxí

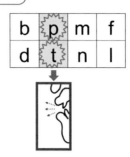

b	p	m	f
d	t	n	l

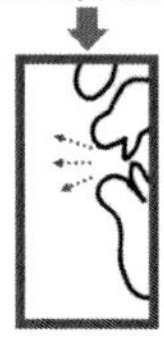

1) 例子 B-010

lìzi： ☐❶ bā ☑❷ pā

1. ☐❶ bāo ☐❷ pāo
2. ☐❶ tàng ☐❷ dàng
3. ☐❶ pàn ☐❷ màn
4. ☐❶ pū ☐❷ bū
5. ☐❶ tī ☐❷ dī
6. ☐❶ liào ☐❷ niào
7. ☐❶ bàng ☐❷ pàng
8. ☐❶ nián ☐❷ mián

2) 例子 B-011

lìzi：b āo

1. ___ áo
2. ___ ái
3. ___ āi
4. ___ iàn
5. ___ uǒ
6. ___ iǎo
7. ___ ēng
8. ___ ài
9. ___ éi
10. ___ ǎo
11. ___ ài
12. ___ ǎo

2. 聲母(二)
Shēngmǔ

g	k	h
j	q	x

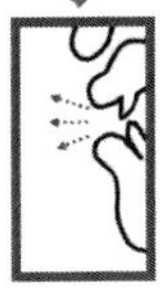

🎧B-012

9) g ㄍ

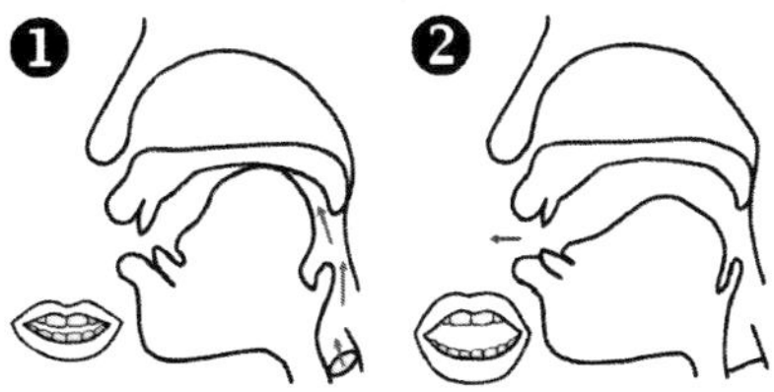

❶
❷

guǒzhī　bǐnggān　xīguā

果汁
zhī
guǒ

餅乾
gān
bǐng

西瓜
xī guā

10) k ㄎ

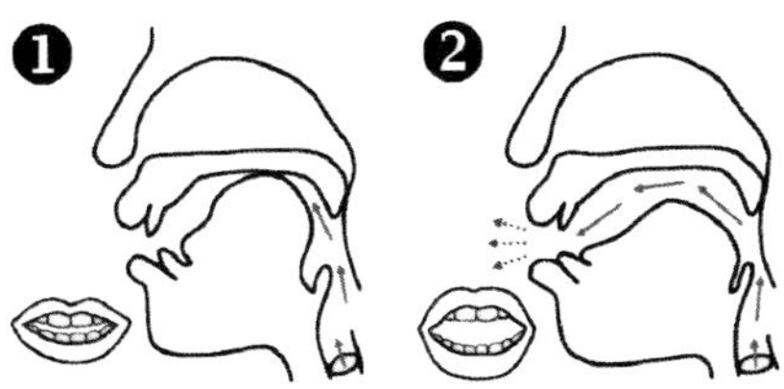

❶
❷

kāfēi　kělè

咖啡
kā fēi

可樂
lè
kě

11) h ㄏ

hǎi　huǒ　hànbǎo

海
hǎi

火
huǒ

漢堡
hàn bǎo

12) j ㄐ

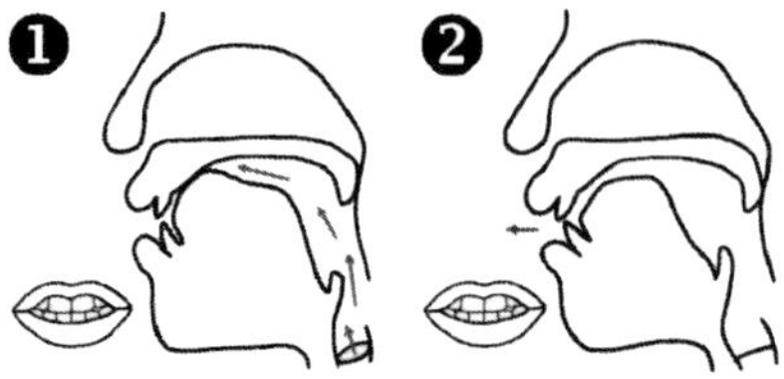

jī　jiǎo

雞

jī

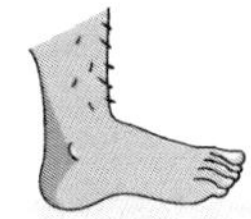

腳

jiǎo

13) q ㄑ

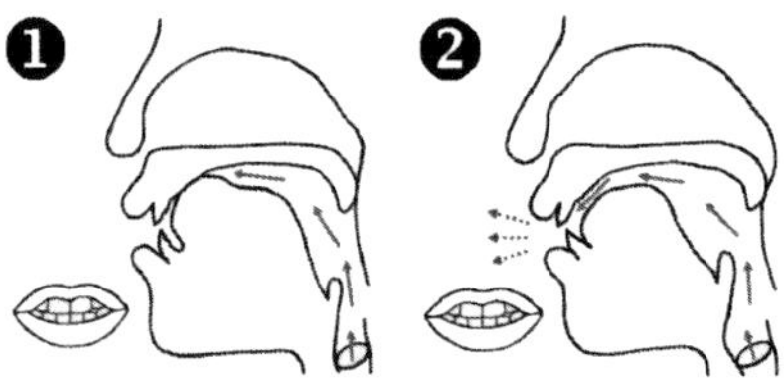

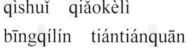

qìshuǐ　qiǎokèlì

bīngqílín　tiántiánquān

汽水

qì shuǐ

巧克力

qiǎo kè lì

冰淇淋

bīng qí lín

甜甜圈

tián tián quān

14) x ㄒ

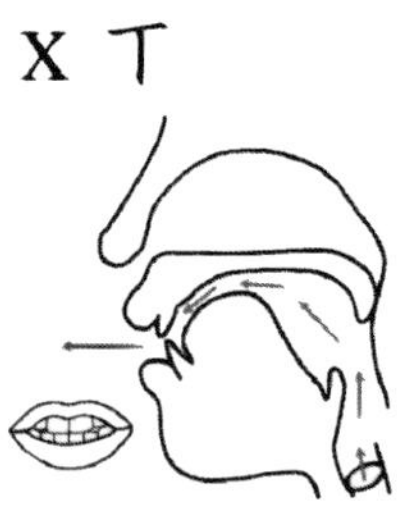

xiàngpícā　xīguā

xiāngjiāo　xiǎolóngbāo

橡皮擦

xiàng pí cā

西瓜

xī guā

香蕉

xiāng jiāo

小籠包

xiǎo lóng bāo

聲母(二) 練習
Shēngmǔ liànxí

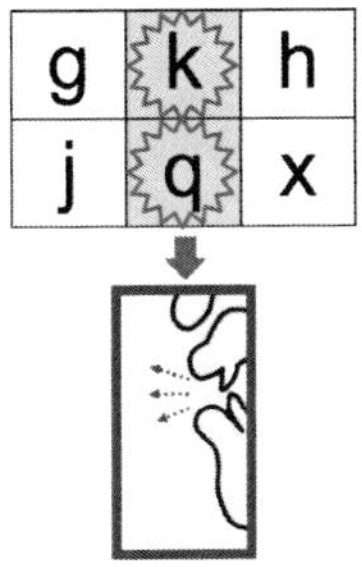
g k h
j q x

1) 例子 **B-013**

lìzi： ☐❶ bā ☑❷ pā

1. ☐❶ kāo ☐❷ gāo
2. ☐❶ qiàn ☐❷ jiàn
3. ☐❶ guàng ☐❷ kuàng
4. ☐❶ hū ☐❷ fū
5. ☐❶ jī ☐❷ qī
6. ☐❶ jiāo ☐❷ xiāo
7. ☐❶ gēng ☐❷ kēng
8. ☐❶ qiān ☐❷ xiān

2) 例子 **B-014**

lìzi：b āo

1. ___ áo
2. ___ ǎi
3. ___ āi
4. ___ iān
5. ___ uǒ
6. ___ iān
7. ___ ēng
8. ___ ài
9. ___ í
10. ___ iǎo

3. 聲母(三)
Shēngmǔ

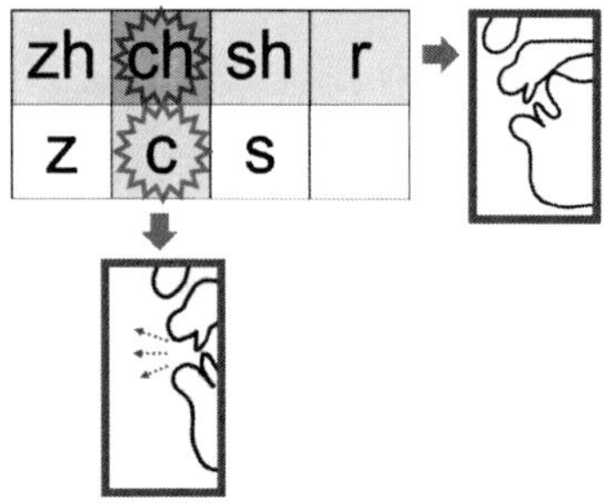

zh ch sh r
z c s

B-015

-i [ʅ]
zhi
chi
shi
ri

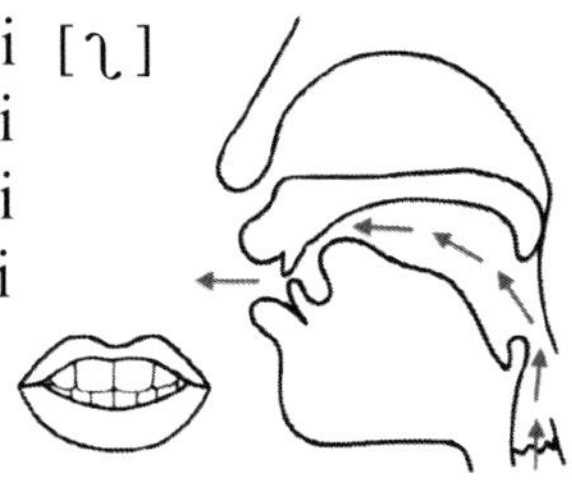

-i [ɿ]
zi
ci
si

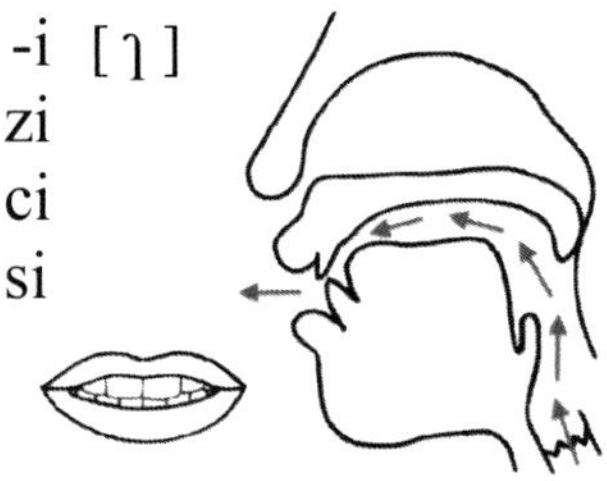

B-016

15) zh ㄓ

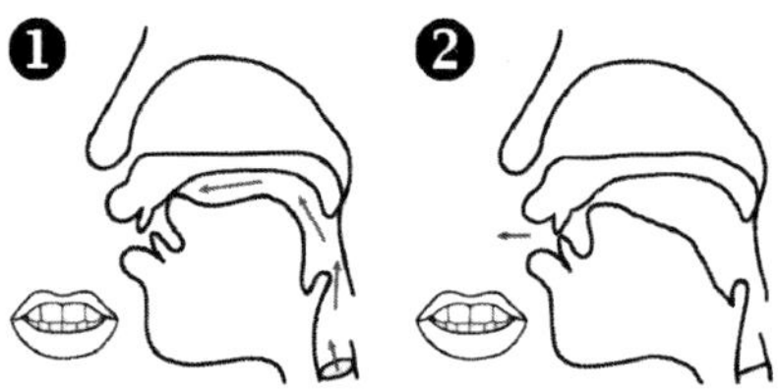

zhū zhēnzhū

豬
zhū

珍珠
zhēn zhū

zhi ㄓ -i [ʅ]

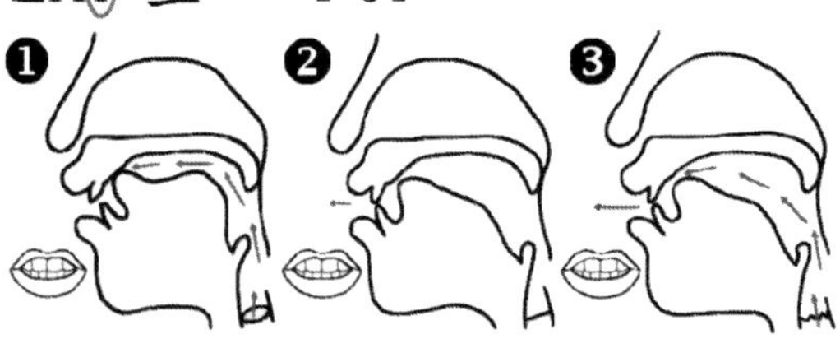

zázhì guǒzhī zhǐ zhīzhū

WZUCLC
中文成為趨勢

雜誌
zá zhì

果汁
guǒ zhī

紙
zhǐ

蜘蛛
zhī zhū

16) ch ㄔ

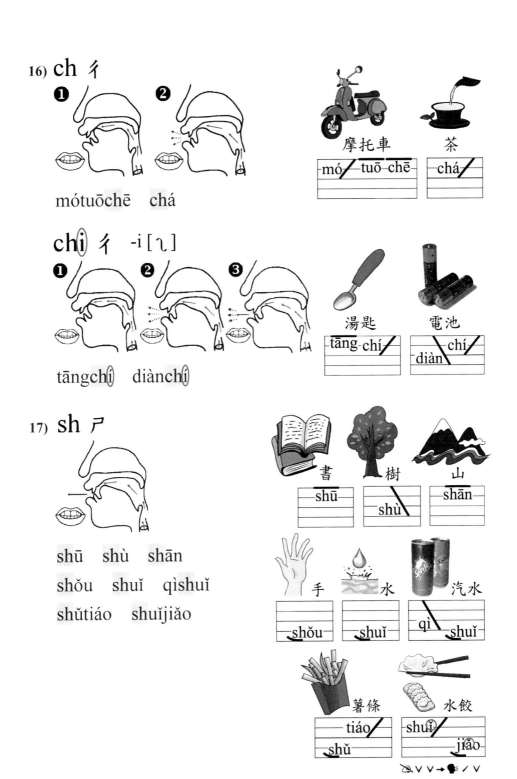

❶ 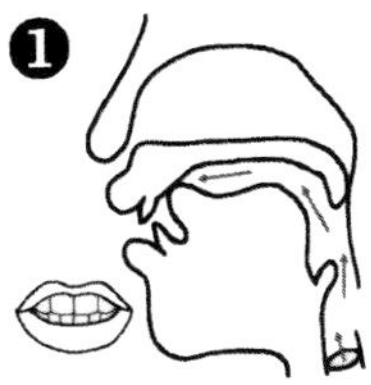
❷ 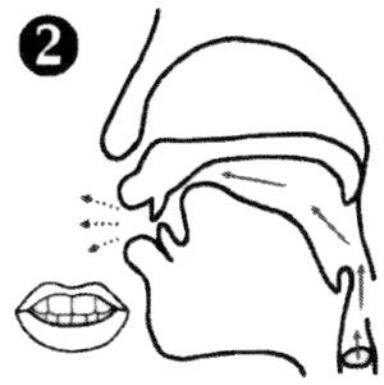

mótuōchē　chá

摩托車

mó tuō chē

茶

chá

chi ㄔ　-i [ㄭ]

❶ 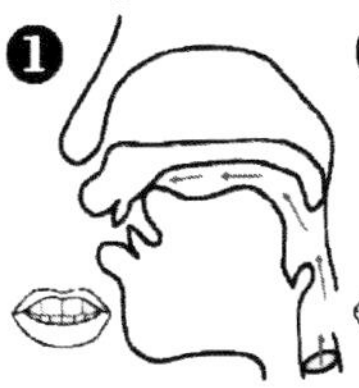
❷ 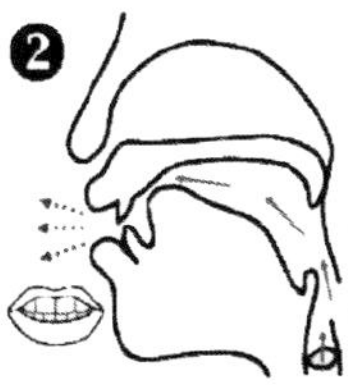
❸ 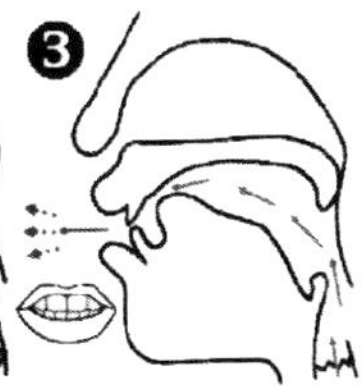

tāngchí　diànchí

湯匙

tāng chí

電池

diàn chí

17) sh ㄕ

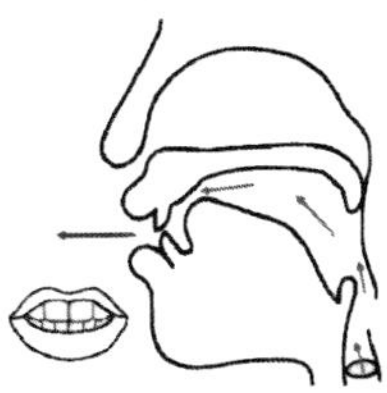

shū　shù　shān

shǒu　shuǐ　qìshuǐ

shǔtiáo　shuǐjiǎo

書

shū

樹

shù

山

shān

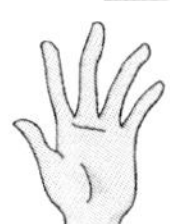

手

shǒu

水

shuǐ

汽水

qì shuǐ

薯條

shǔ tiáo

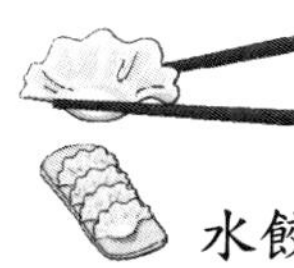

水餃

shuǐ jiǎo

✍∨∨→🗣✓∨

shi ㄕ -i [ʅ]

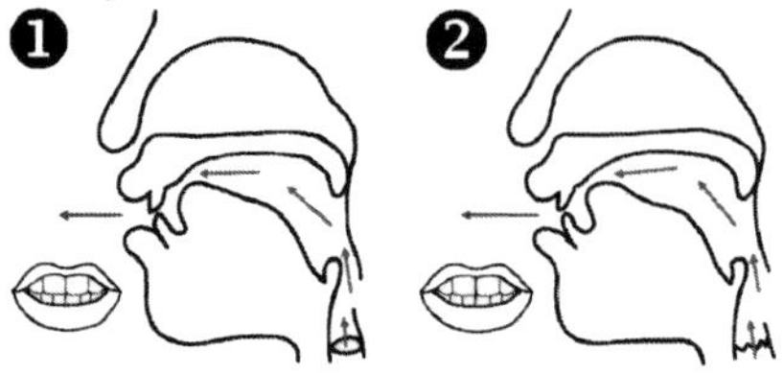

我
老師
shī
lǎo

lǎoshī

18) r ㄖ

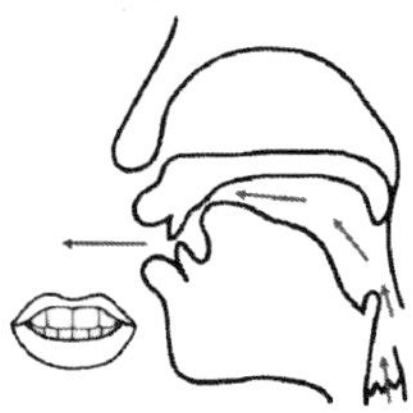

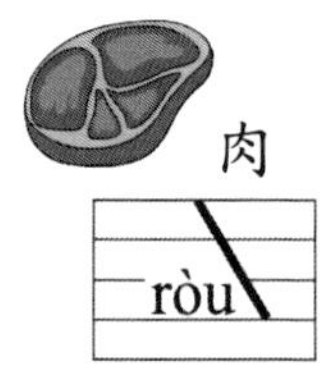
肉
ròu

ròu

ri ㄖ -i [ʅ]

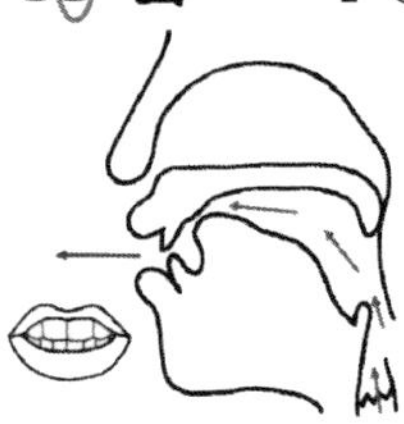

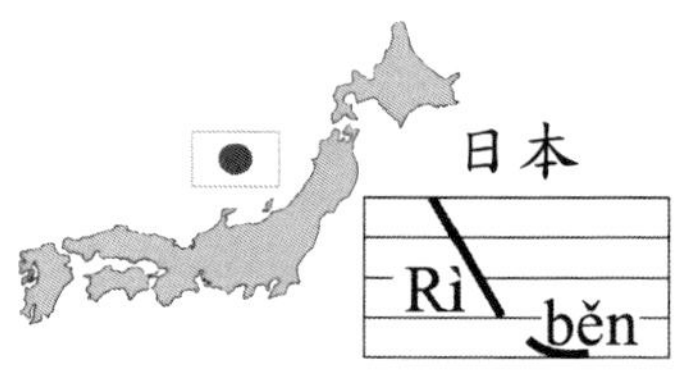
日本
Rì
běn

Rìběn

19) z ㄗ

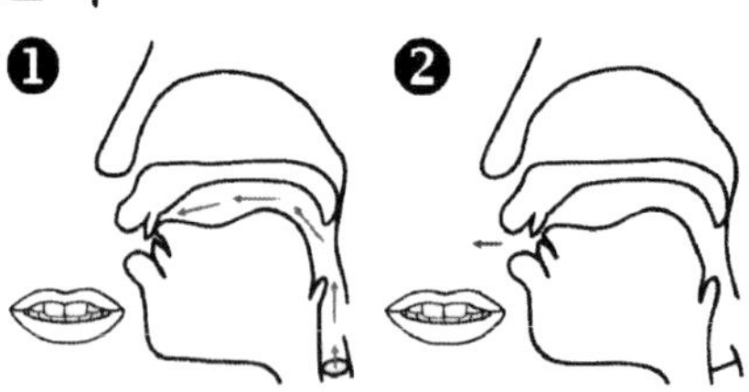

雜誌
zá
zhì

zázhì

zi ㄗ -i [ʅ]

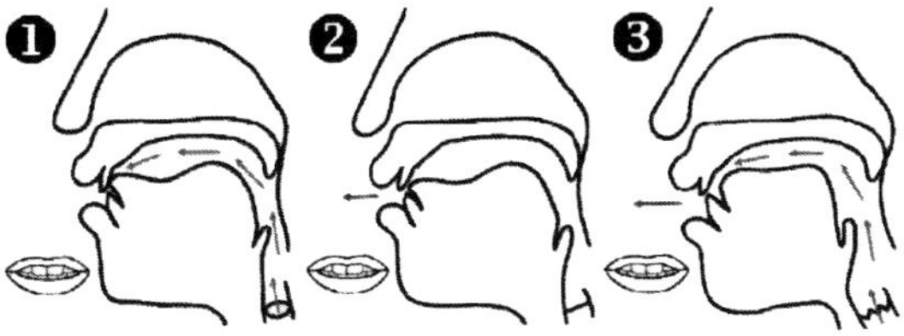

漢字

Hàn zì

Hànzì

20) c ㄘ

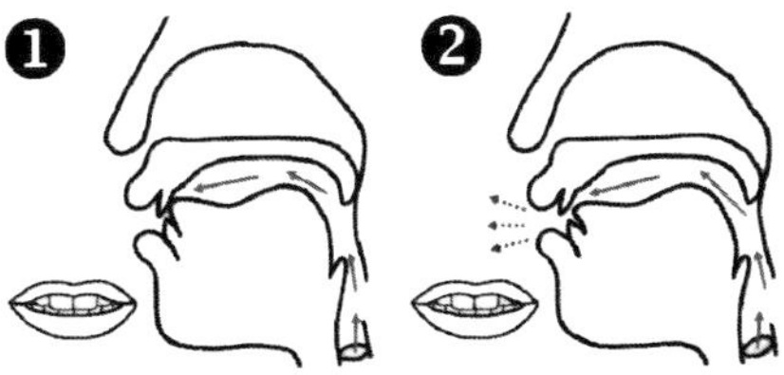

橡皮擦

xiàng pí cā

草莓

cǎo méi

xiàngpícā cǎoméi

ci ㄘ -i [ʅ]

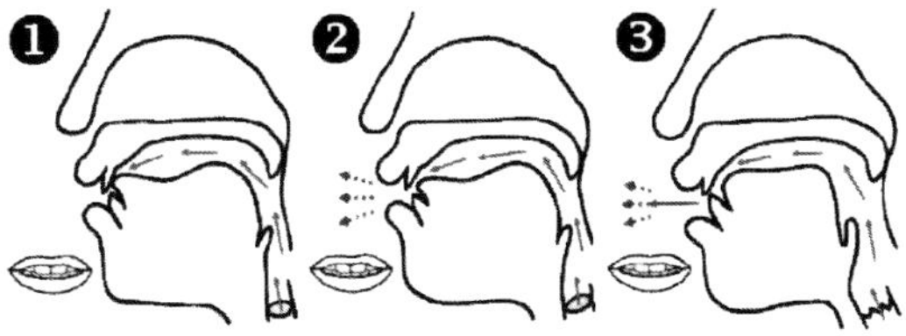

S
N

磁鐵

cí tiě

cítiě

21) s ㄙ

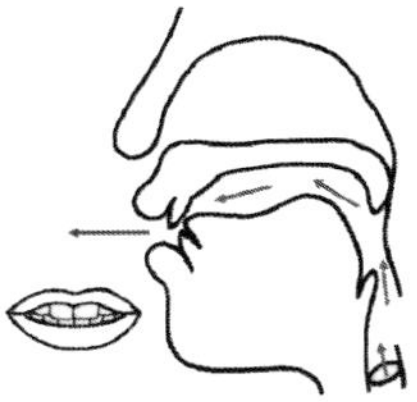

傘

sǎn

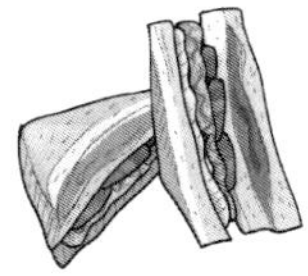

三明治

sān míng zhì

sǎn sānmíngzhì

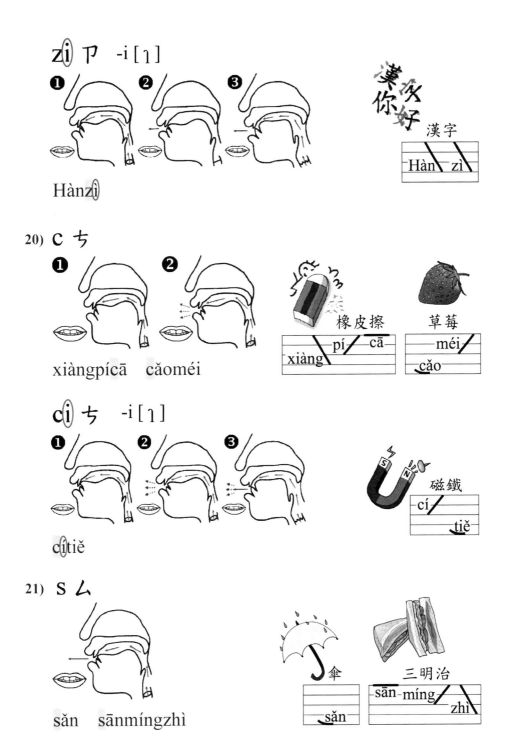

si ㄙ -i [ʅ]

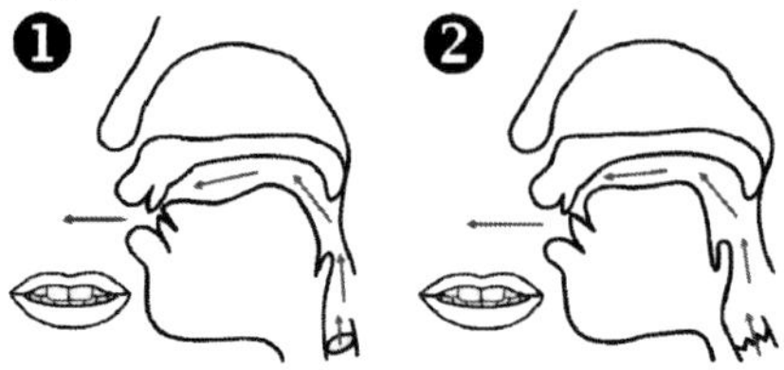
❶
❷

sīwà

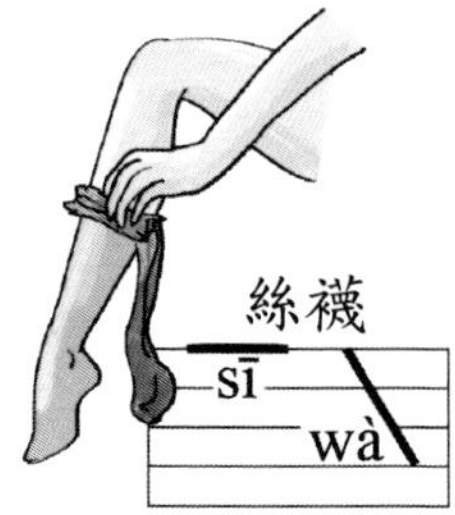
絲襪
sī
wà

聲母(三) 練習
Shēngmǔ liànxí

zh	ch	sh	r
z	c	s	

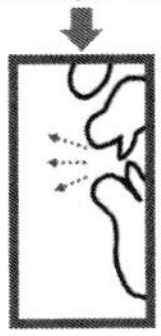

-i [ʅ]
zhi
chi
shi
ri

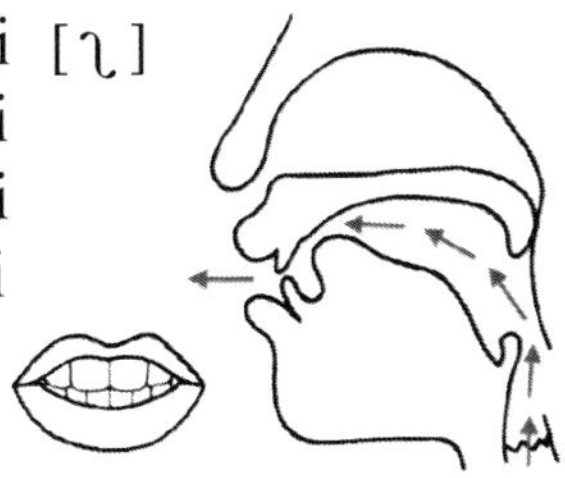

-i [ɿ]
zi
ci
si

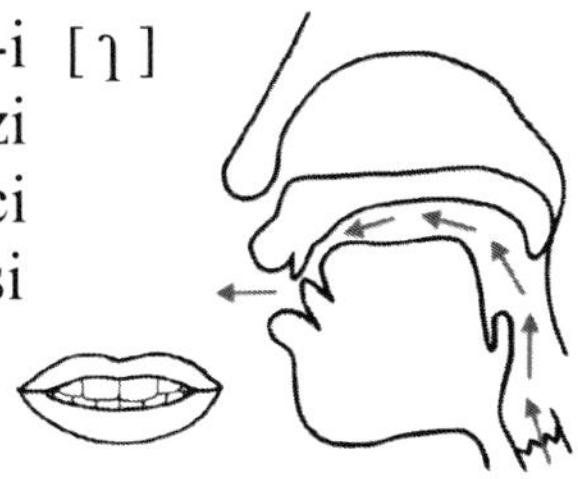

1) 例子 B-017

lìzi： □❶ bā ☑❷ pā

1. □❶ zāo □❷ cāo
2. □❶ shàng □❷ chàng
3. □❶ zàn □❷ zhàn
4. □❶ chū □❷ cū
5. □❶ shī □❷ sī
6. □❶ rì □❷ lì
7. □❶ cóng □❷ sóng
8. □❶ zhuō □❷ chuō

2) 例子 B-018

lìzi：b āo

1. __ ān
2. __ áo
3. __ āi
4. __ ǎi
5. __ uǒ
6. __ uán
7. __ ēng
8. __ én
9. __ uō
10. __ ǎo
11. __ ài
12. __ uǎn

聲母 複習
Shēngmǔ fùxí

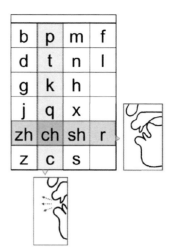

b	p	m	f
d	t	n	l
g	k	h	
j	q	x	
zh	ch	sh	r
z	c	s	

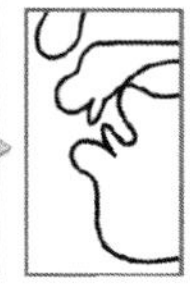

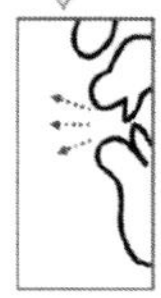

1) 例子 B-019

lìzi： □❶ bā ☑❷ pā

1. □❶ pān □❷ bān	2. □❶ dàng □❷ tàng	3. □❶ gào □❷ kào
4. □❶ zū □❷ cū	5. □❶ rù □❷ lù	6. □❶ qiāng □❷ jiāng
7. □❶ pàn □❷ bàn	8. □❶ gōu □❷ kōu	9. □❶ miǎn □❷ niǎn

10. □❶ tú dú □❷ dú tú
11. □❶ shū chū □❷ chū shū
12. □❶ sū cú □❷ cū sú

2) 例子 B-020

lìzi：b āo

1. ___ áo	2. ___ iú	3. ___ āi	4. ___ iān
5. ___ uǒ	6. ___ iān	7. ___ ēng	8. ___ ài
9. ___ éi	10. ___ iǎo	11. ___ ài	12. ___ uǎn
13. ___ ú	14. ___ ǐ	15. ___ ǒng	16. ___ ào

Vowel
母音
모음
Nguyên âm
Voyelle
Vocal

韻母
Yùnmǔ

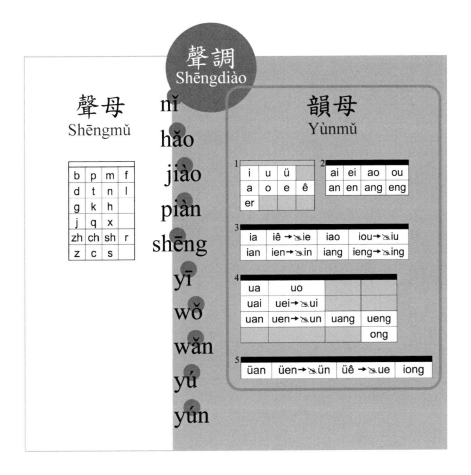

聲調
Shēngdiào

聲母
Shēngmǔ

b	p	m	f
d	t	n	l
g	k	h	
j	q	x	
zh	ch	sh	r
z	c	s	

nǐ
hǎo
jiào
piàn
shēng
yī
wǒ
wǎn
yú
yún

韻母
Yùnmǔ

1

i	u	ü	
a	o	e	ê
er			

2

ai	ei	ao	ou
an	en	ang	eng

3

ia	iê → ie	iao	iou → iu
ian	ien → in	iang	ieng → ing

4

ua	uo		
uai	uei → ui		
uan	uen → un	uang	ueng
			ong

5

üan	üen → ün	üê → ue	iong

1. 韻母(一)
Yùnmǔ

B-021

i (yi)	u (wu)	ü (yu)	
a	o	e	ê
er			

B-022

1) i 一

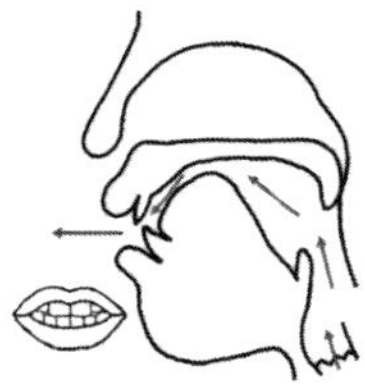

qiānbǐ yǐzi

鉛筆
qiān bǐ

椅子
yǐ zi

2) u ㄨ

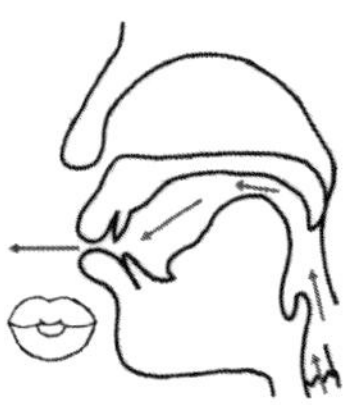

shū tiàowǔ

書
shū

跳舞
tiào wǔ

3) ü ㄩ

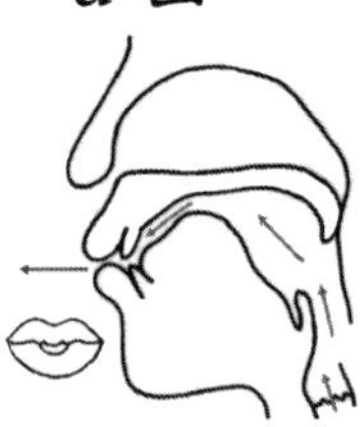

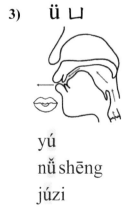

yú
nǚshēng
júzi

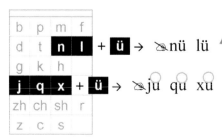

b	p	m	f
d	t	n	l
g	k	h	
j	q	x	
zh	ch	sh	r
z	c	s	

n l + ü → nü lü

j q x + ü → ju qu xu

魚
yú

女生
nǚ shēng

橘子
jú zi

4) a ㄚ

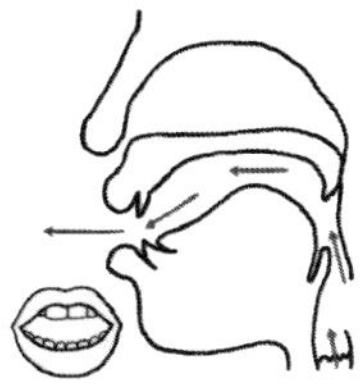

chá zázhì xiàngpícā

WZUCLC

茶 雜誌 橡皮擦

chá | zá zhì | xiàng pí cā

5) o ㄛ

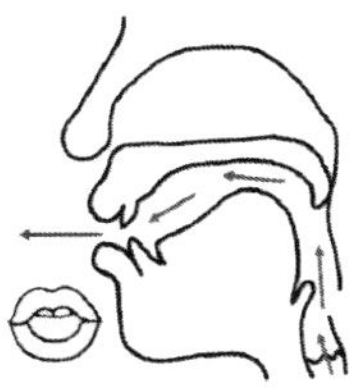

mótuōchē

摩托車

mó tuō chē

6) e ㄜ

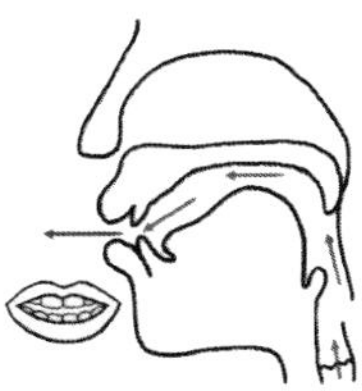

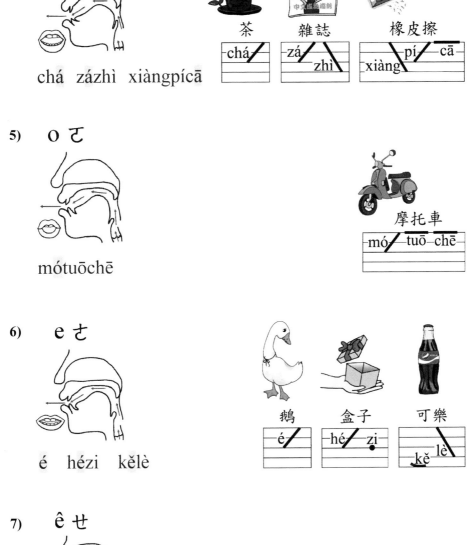

é hézi kělè

鵝 盒子 可樂

é | hé zi | kě lè

7) ê ㄝ

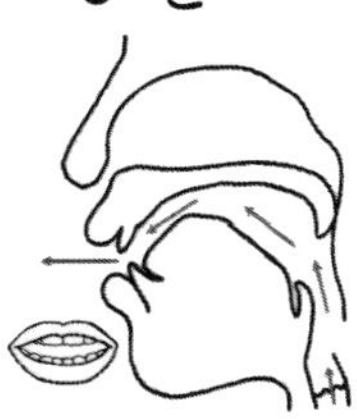

8) er 儿

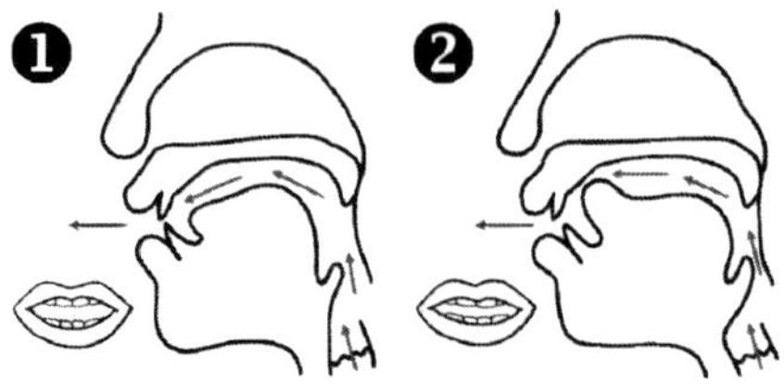
❶
❷

ěrduo

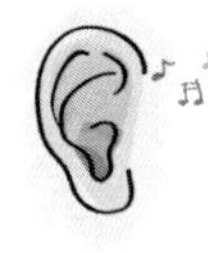

耳朵

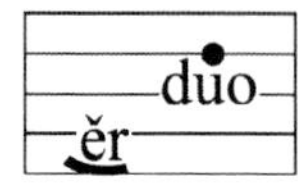
duo
ěr

韻母(一)練習 →
Yùnmǔ liànxí

1) a → o → e → i → u → ü

kuài luǒ péi lüè | huì qiū

例子
lìzi ： bao (ˊ) → bao ○ bao ×

1. bi (ˇ)	2. mao (ˉ)	3. biao (ˇ)	4. xiong (ˉ)
5. guo (ˊ)	6. dui (ˋ)	7. xiu (ˉ)	8. jie (ˇ)
9. yue (ˋ)	10. qüe (ˋ)	11. fei (ˊ)	12. kou (ˋ)

2) 例子
lìzi ： → m ǎ

B-023

i	u	ü	
a	o	e	ê
er			

1. j	2. d	3. sh	4. j
5. p	6. n	7. l	8. sh
9.	10.	11.	12.

2. 韻母(二)
Yùnmǔ

B-024

ai	ei	ao	ou
an	en	ang	eng

B-025

1) ai ㄞ

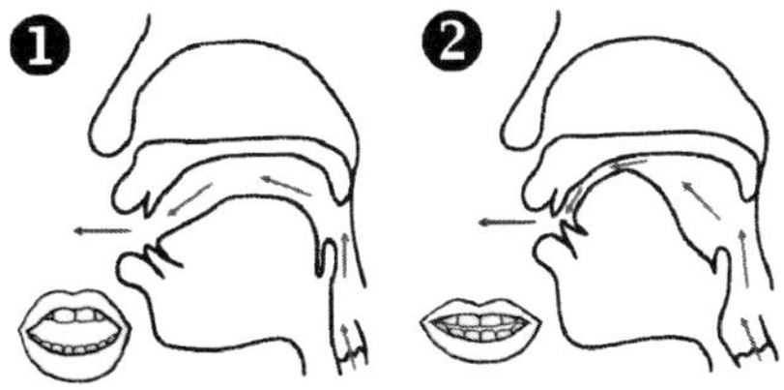

gàizi dàizi

蓋子

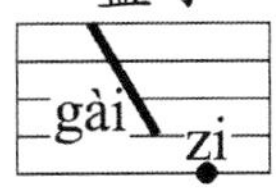
gài
zi

袋子

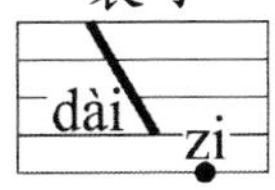
dài
zi

2) ei ㄟ

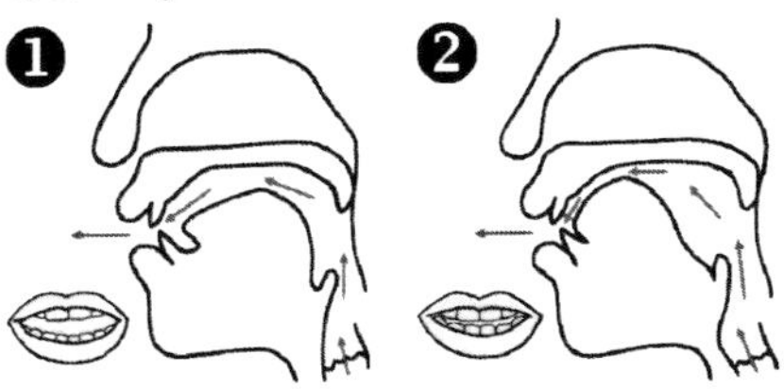

bēizi bèizi

杯子

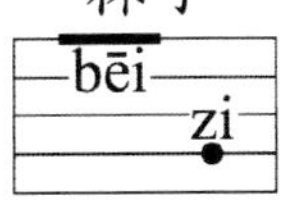
bēi
zi

被子

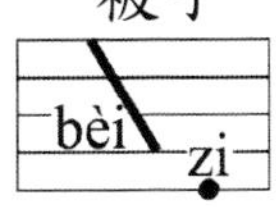
bèi
zi

3) ao ㄠ

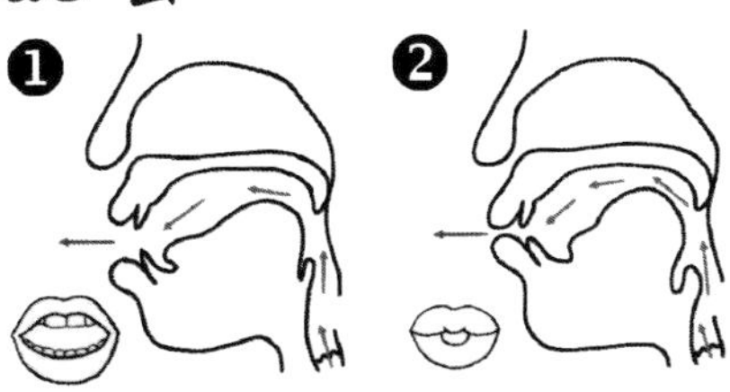

bāozi kǎoròu

包子

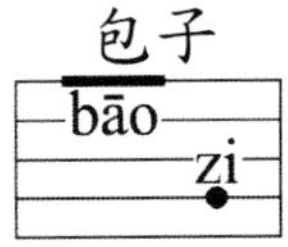
bāo
zi

烤肉

ròu
kǎo

4) **ou ㄡ**

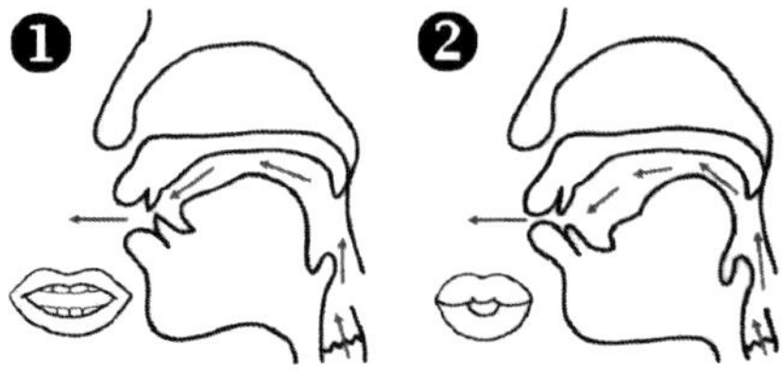

shǒu　lóutī

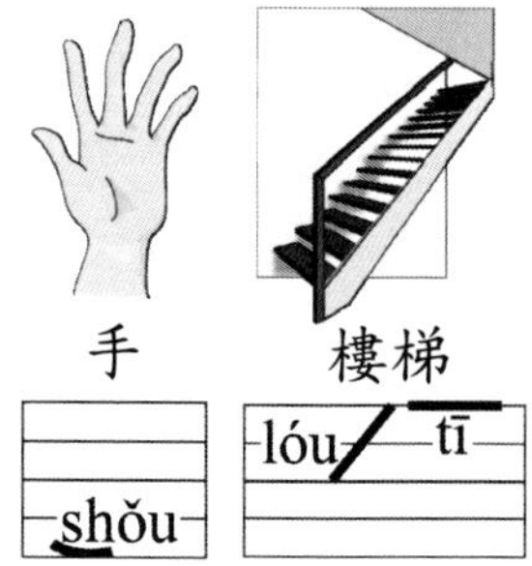
手
樓梯
shǒu
lóu
tī

B-026

an [an]
en [ən]

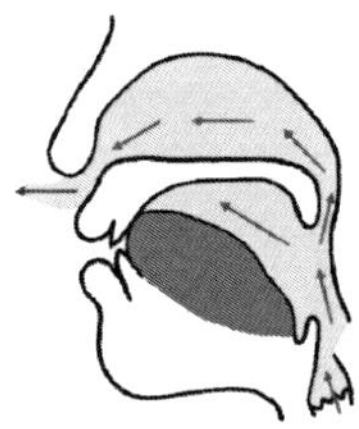

ang [ɑŋ]
eng [əŋ]

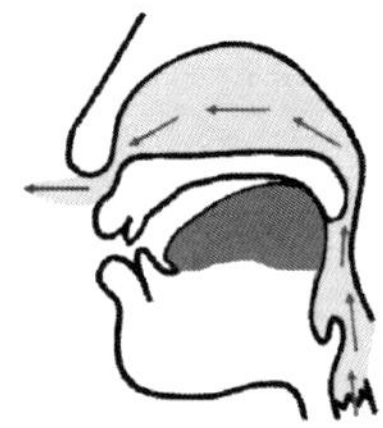

B-027

5) **an ㄢ**

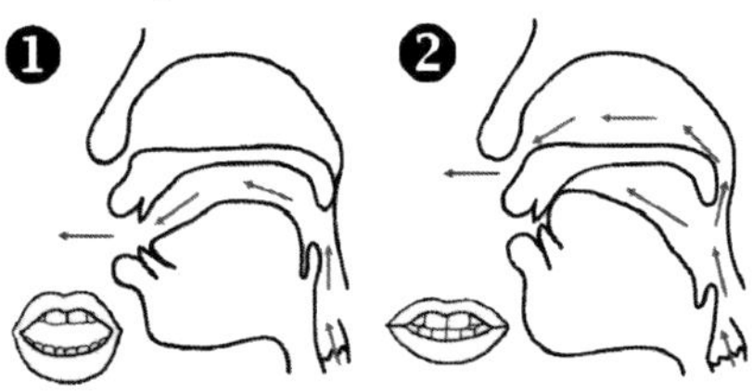

pánzi　shànzi

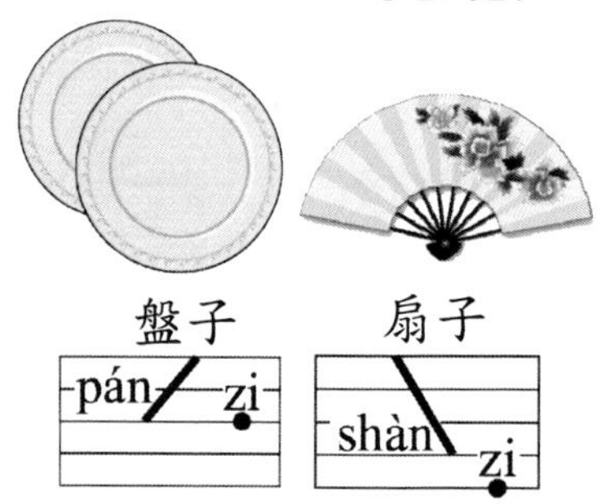
盤子
扇子
pán
zi
shàn
zi

6) **en ㄣ**

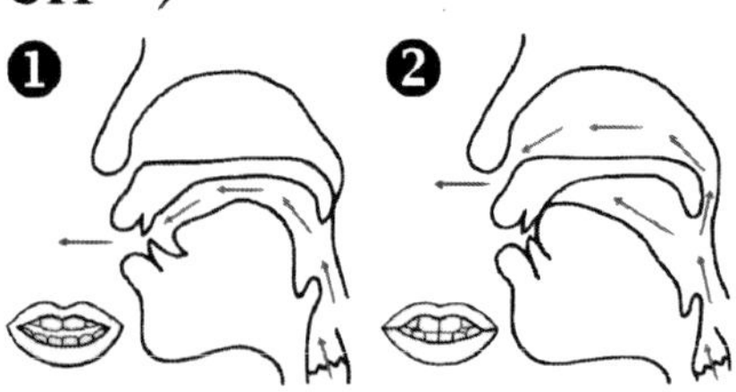

mén　bǐjìběn

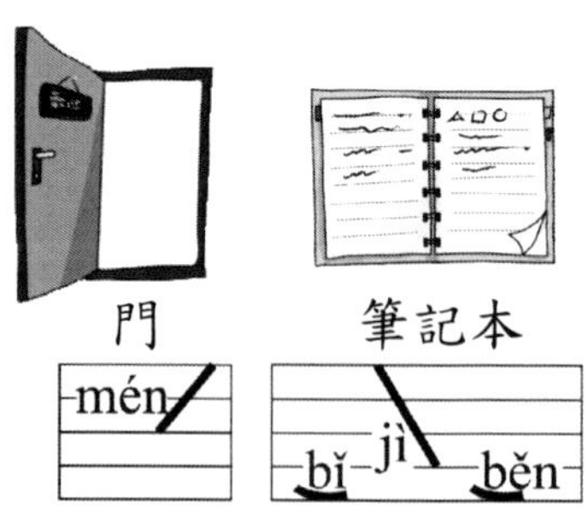
門
筆記本
mén
bǐ
jì
běn

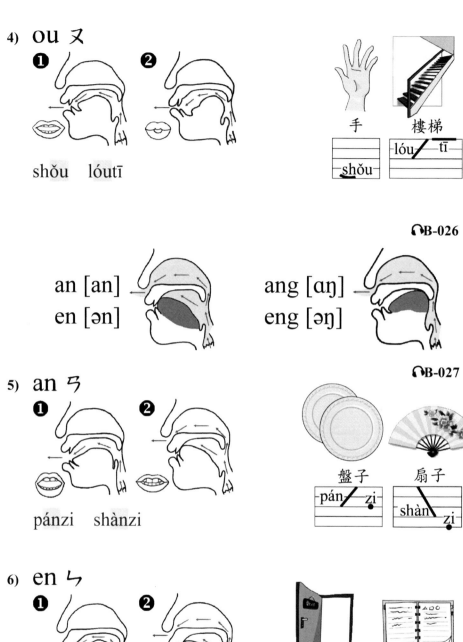

7) ang ㄤ

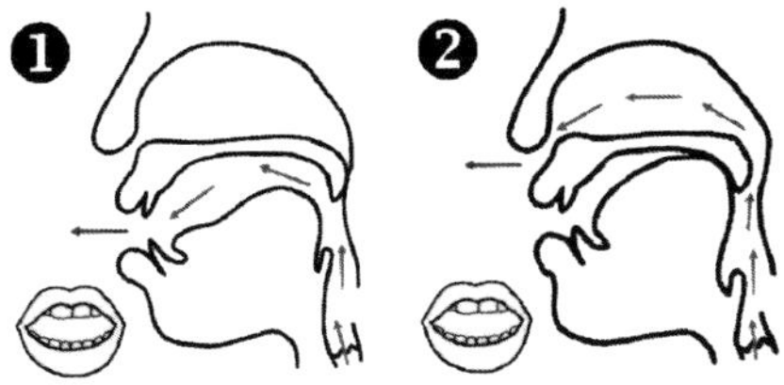

❶
❷

biàndāng　chànggē

便當　唱歌

biàn dāng　chàng gē

8) eng ㄥ

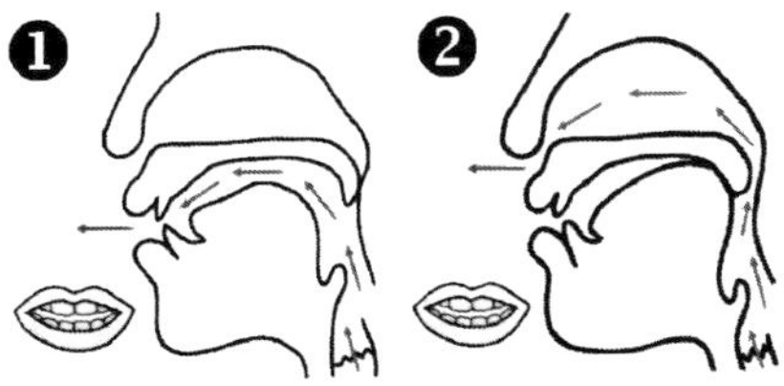

❶
❷

fènglí　dèngzi

鳳梨　凳子

fèng lí　dèng zi

韻母(二)練習
Yùnmǔ liànxí

1) 例子 lìzi： sh ǎ **B-028**

i	u	ü	
a	o	e	ê
er			

ai	ei	ao	ou
an	en	ang	eng

a→o→e→i→u→ü
huì qiū

1. m　2. d　3. t　4. g
5. sh　6. t　7. c　8. x
9. t　10. h　11. g　12. n
13. q　14. d　15. sh　16. g

2) 例子 lìzi： shàn **B-029**

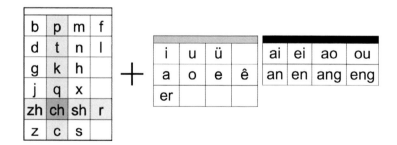

b	p	m	f
d	t	n	l
g	k	h	
j	q	x	
zh	ch	sh	r
z	c	s	

＋

i	u	ü	
a	o	e	ê
er			

ai	ei	ao	ou
an	en	ang	eng

1.　2.　3.　4.
5.　6.　7.　8.
9.　10.　11.　12.

3. 韻母(三)
Yùnmǔ

B-030

ia (ya)	iê → ie (ye)	iao (yao)	iou → iu (you)
ian (yan)	ien → in (yin)	iang (yang)	ieng → ing (ying)

B-031

1) ia 一Y

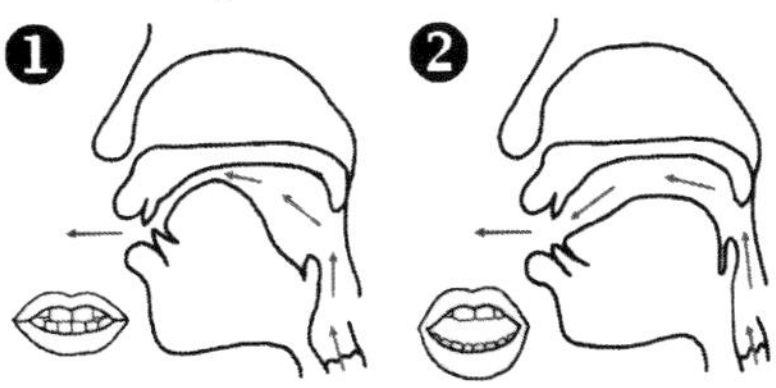

鴨子 yā zi　夾子 jiá zi

yāzi　jiázi

2) ie 一せ

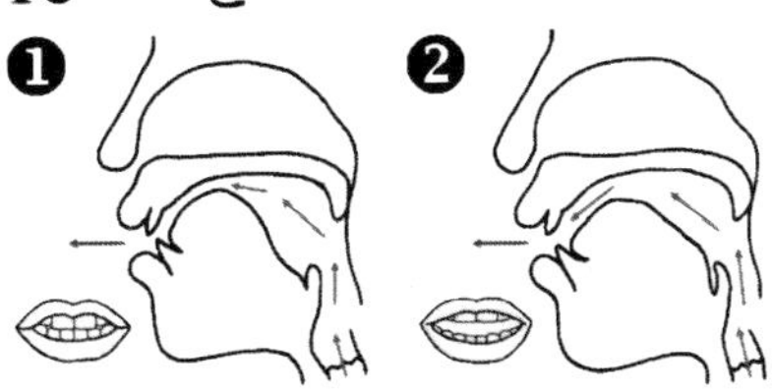

椰子 yé zi　鞋子 xié zi

yézi　xiézi

3) iao 一ㄠ

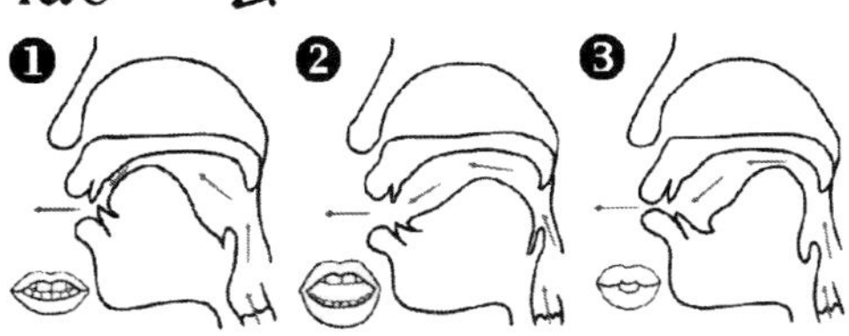

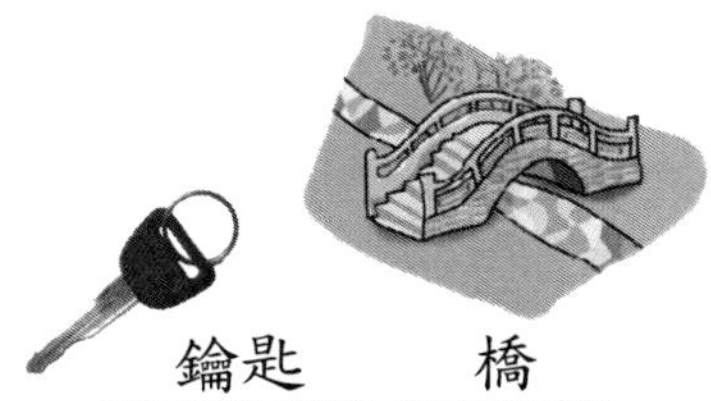

鑰匙 yào shi　橋 qiáo

yàoshi　qiáo

4) iou ㄧㄡ (= iu)

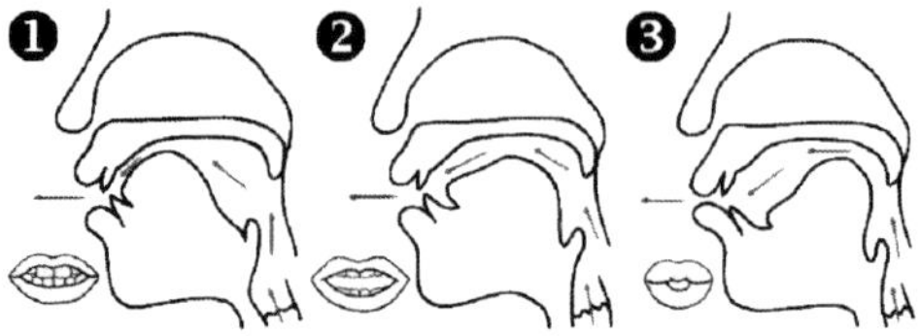

yóuyǒng qiú

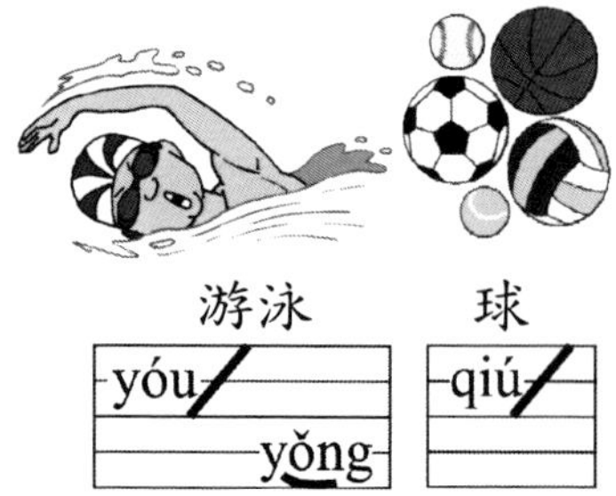

游泳
球
yóu
yǒng
qiú

B-032

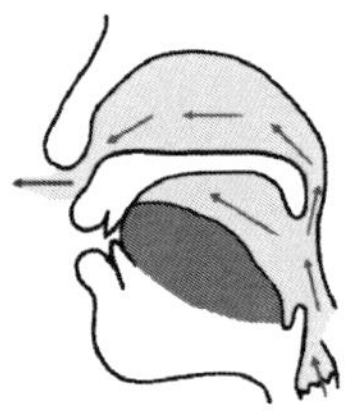

ian [iɛn]
in [in]

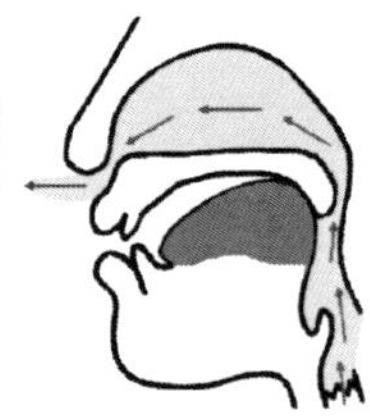

iang [iɑŋ]
ing [iŋ]

B-033

5) ian ㄧㄢ

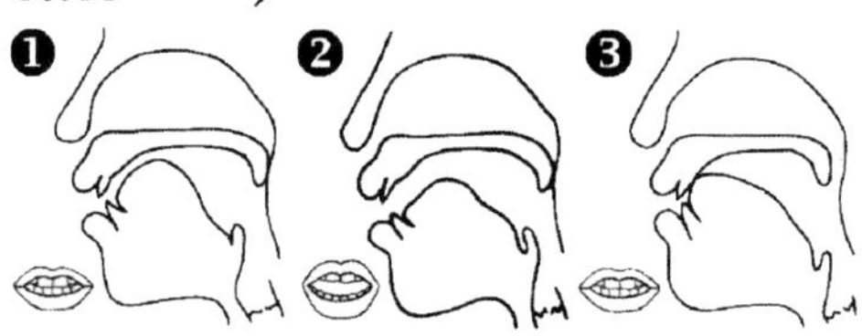

yǎnjìng diànnǎo

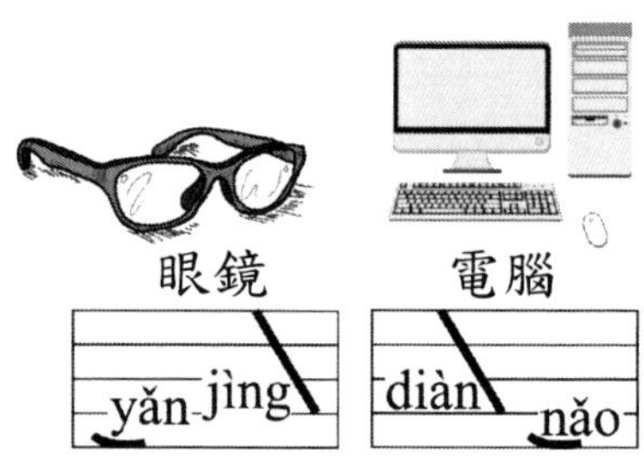

眼鏡
電腦
yǎn
jìng
diàn
nǎo

6) in ㄧㄣ

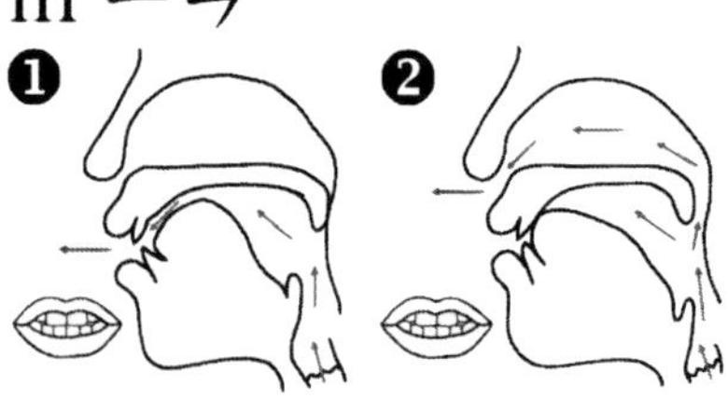

yīnyuè yǐngyìn

音樂
影印
yīn
yuè
yǐng
yìn

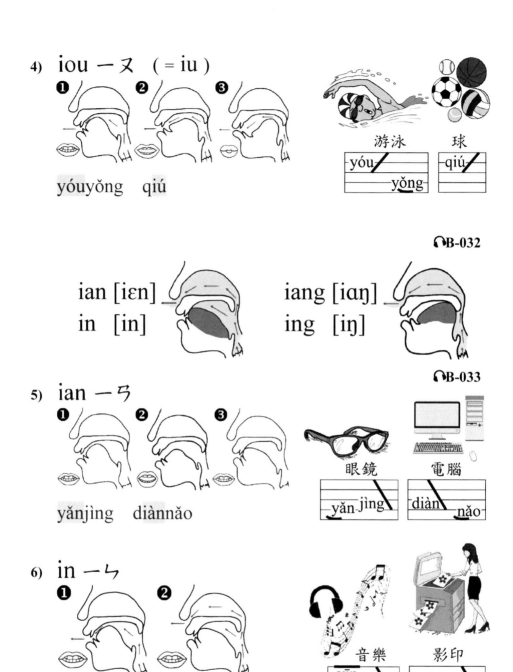

7) iang ㄧㄤ

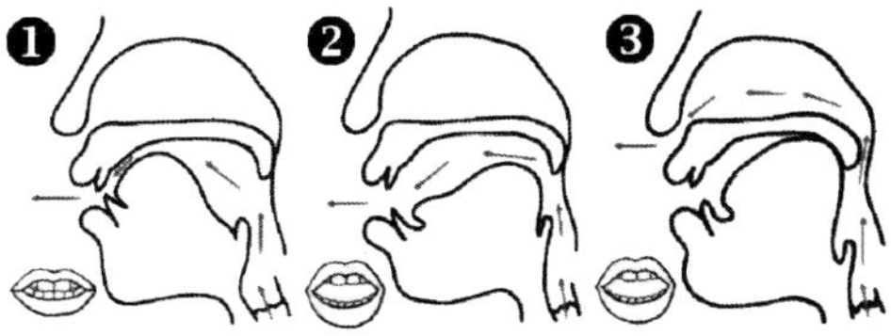

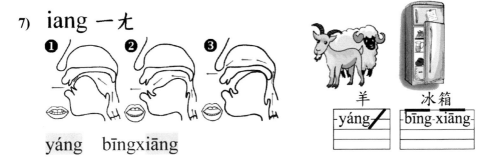

yáng bīngxiāng

羊 冰箱

yáng bīng-xiāng

8) ing ㄧㄥ

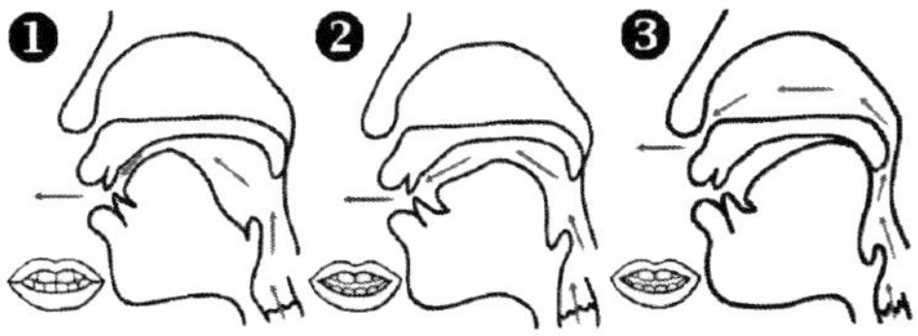

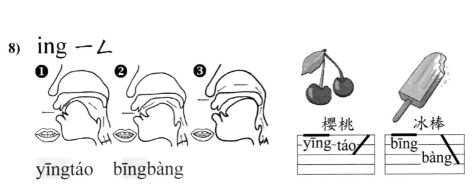

yīngtáo bīngbàng

櫻桃 冰棒

yīng-táo bīng-bàng

韻母(三)練習
Yùnmǔ (sān) liànxí

1) 例子 **B-034**

lìzi : → j iā

ia	iê → ie	iao	iou → iu
ian	ien → in	iang	ieng → ing

a → o → e → i → u → ü

huì qiū

1. j
2. x
3. q
4. j
5. q
6. t
7. j
8. q
9. m
10. n
11. j
12. x

2) 例子 **B-035**

lìzi : → jiāo

b	p	m	f
d	t	n	l
g	k	h	
j	q	x	
zh	ch	sh	r
z	c	s	

\+

ia	iê → ie	iao	iou → iu
ian	ien → in	iang	ieng → ing

1.
2.
3.
4.
5.
6.
7.
8.
9.
10.
11.
12.

複習(一)
fùxí

B-036

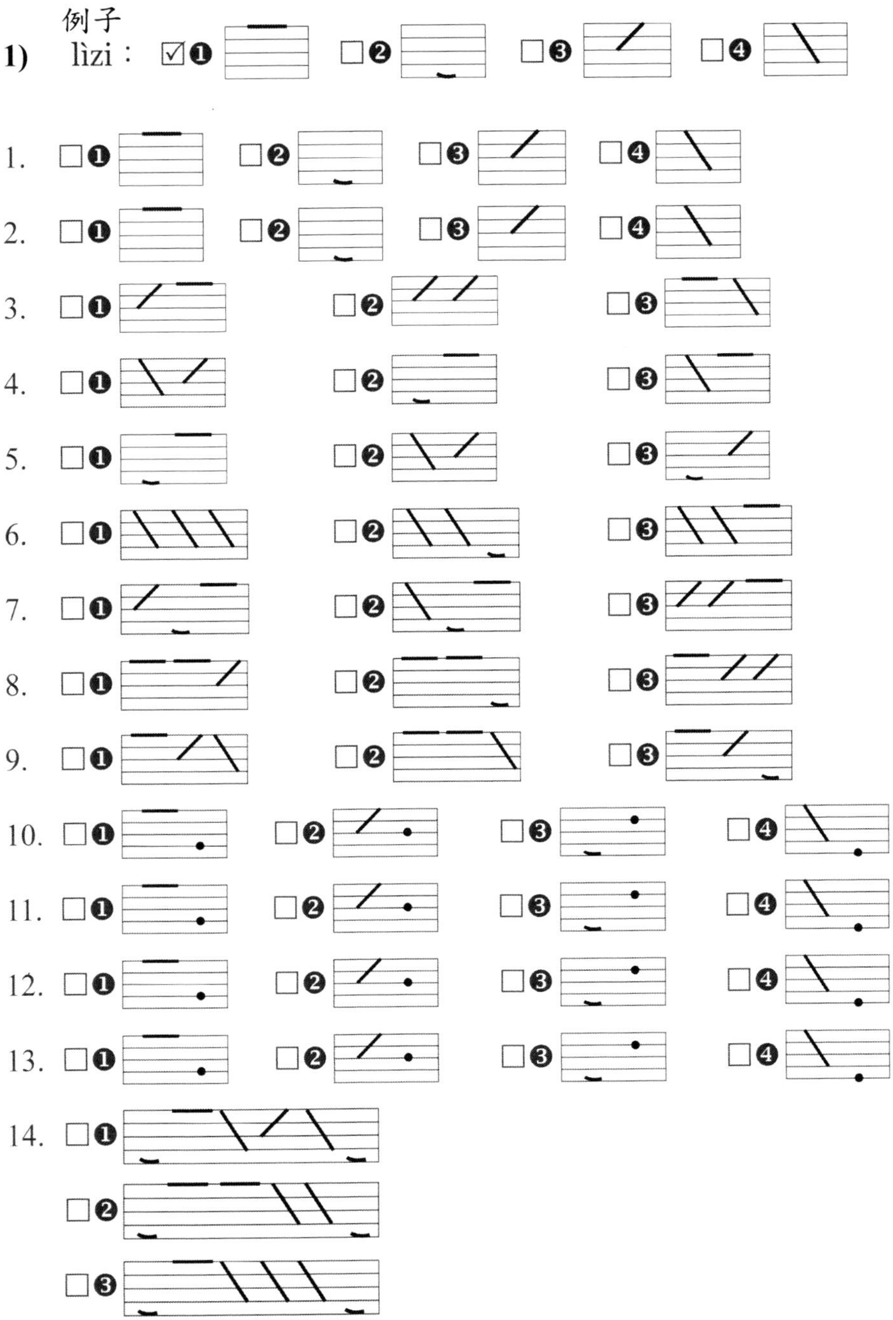

1) 例子 lìzi： ☑❶ ☐❷ ☐❸ ☐❹

1. ☐❶ ☐❷ ☐❸ ☐❹

2. ☐❶ ☐❷ ☐❸ ☐❹

3. ☐❶ ☐❷ ☐❸

4. ☐❶ ☐❷ ☐❸

5. ☐❶ ☐❷ ☐❸

6. ☐❶ ☐❷ ☐❸

7. ☐❶ ☐❷ ☐❸

8. ☐❶ ☐❷ ☐❸

9. ☐❶ ☐❷ ☐❸

10. ☐❶ ☐❷ ☐❸ ☐❹

11. ☐❶ ☐❷ ☐❸ ☐❹

12. ☐❶ ☐❷ ☐❸ ☐❹

13. ☐❶ ☐❷ ☐❸ ☐❹

14. ☐❶ ☐❷ ☐❸

2) → 　　　　　　　　　　　　　　　　　　　**B-037**

i	u	ü	
a	o	e	ê
er			

ai	ei	ao	ou
an	en	ang	eng

ia	iê → ie	iao	iou → iu
ian	ien → in	iang	ieng → ing

例子
lìzi：☑❶ móu　□❷ mó

1. □❶ mèi　□❷ mè　2. □❶ yiú　□❷ yú　3. □❶ làn　□❷ làng

4. □❶ zhoū　□❷ zhuō　5. □❶ yā　□❷ yiā　6. □❶ yīn　□❷yīng

7. □❶ ló　□❷ lóu　8. □❶ nǔ　□❷ nǚ　9. □❶ xiān　□❷ xiāng

10. □❶ gèn　□❷ gèng　11. □❶ shéi　□❷ shé

12. □❶ yǒu　□❷ yǒ　13. □❶ qiě　□❷ qě

14. □❶ lù　□❷ lǜ　15. □❶ liú　□❷ luí

16. □❶ màn　□❷ màng　17. □❶ chén　□❷ chéng

4. 韻母(四)
Yùnmǔ

B-038

ua (wa)	uo (wo)		
uai (wai)	uei→✍ui (wei)		
uan (wan)	uen→✍un (wen)	uang (wang)	ueng (weng)
			ong

B-039

1) ua ㄨㄚ

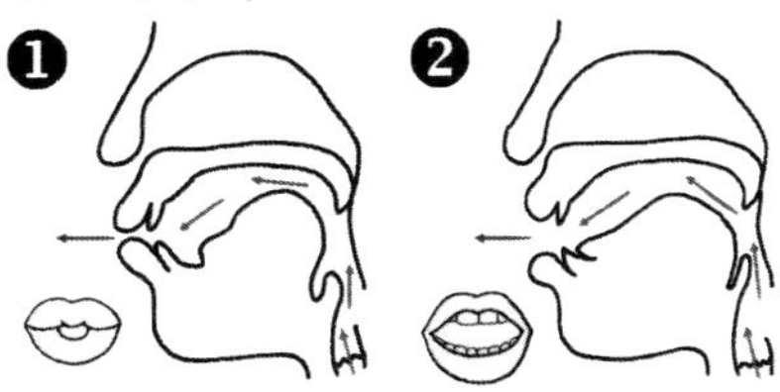

襪子
花
wà
zi
huā

wàzi huā

2) uo ㄨㄛ

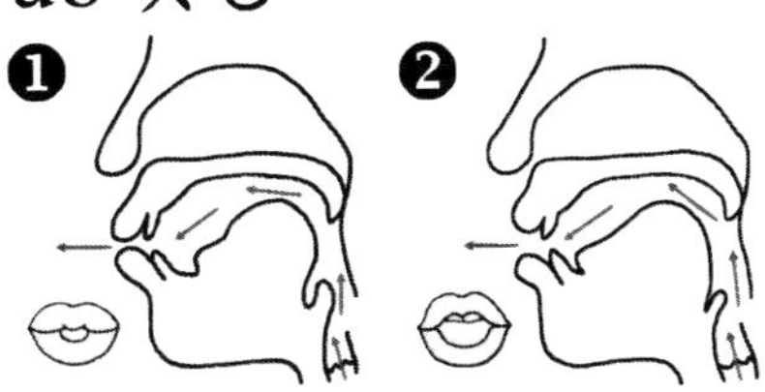

鍋子
鎖
guō
zi
suǒ

guōzi suǒ

3) uai ㄨㄞ

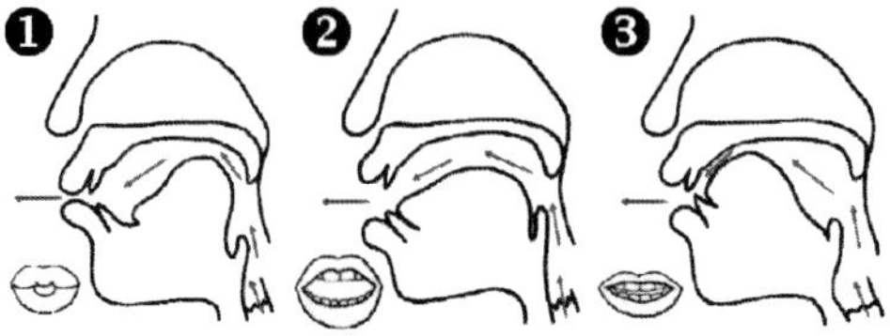

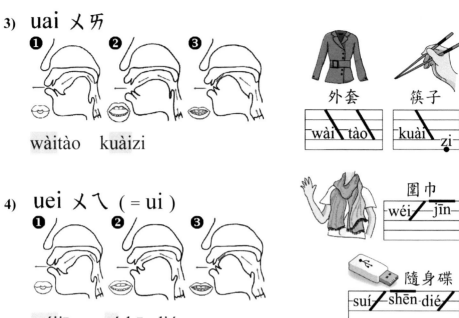

wàitào　kuàizi

外套　筷子

wài tào　kuài zi

4) uei ㄨㄟ (= ui)

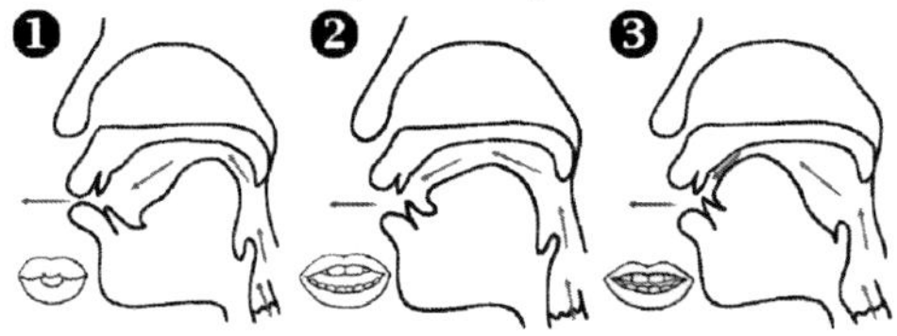

wéijīn　suíshēndié

圍巾

wéi jīn

隨身碟

suí shēn dié

B-040

uan [uan]

uen [uən]

(un)

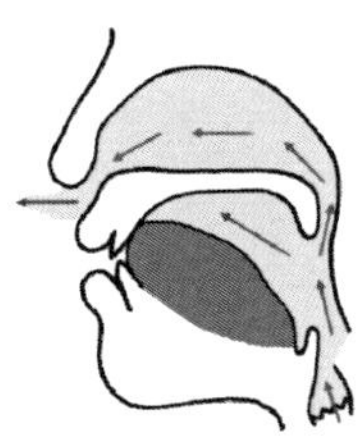

uang [uɑŋ]

ueng [uəŋ]

ong [uŋ]

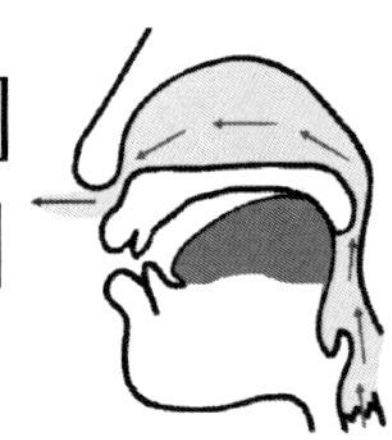

B-041

5) uan ㄨㄢ

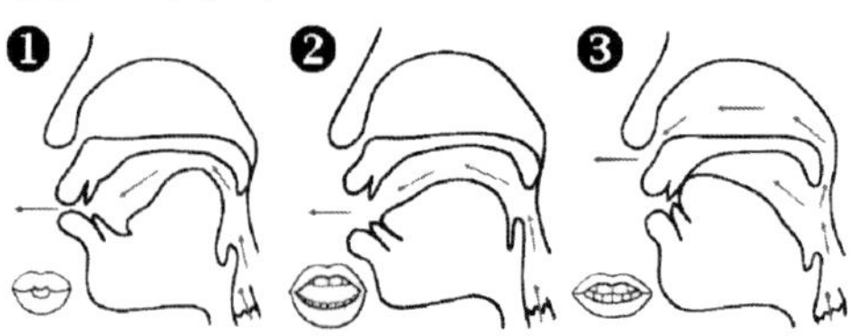

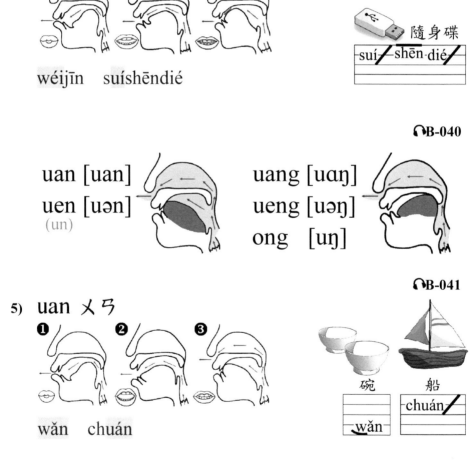

wǎn　chuán

碗　船

wǎn　chuán

6) uen ㄨㄣ (= un)

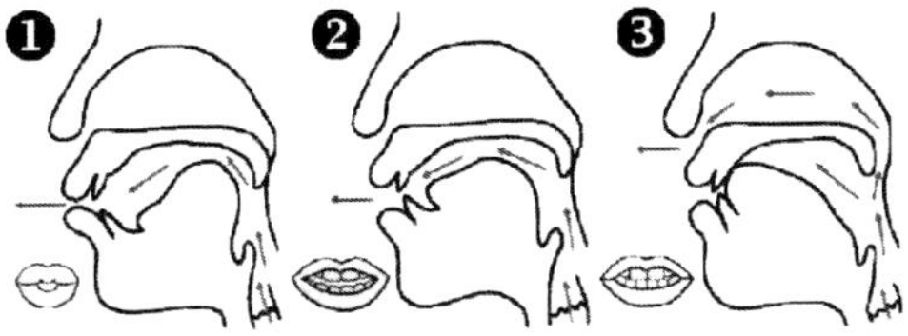

wénzi sǔnzi

蚊子 筍子

wén zi

sǔn zi

7) uang ㄨㄤ

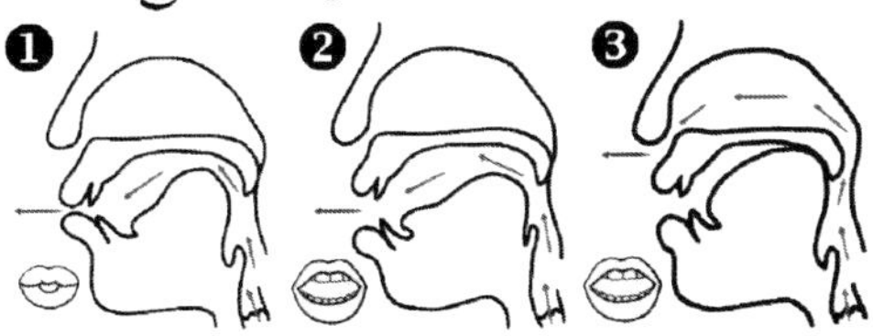

chuáng chuānghù

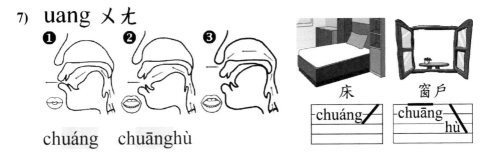

床 窗戶

chuáng

chuāng hù

8) ueng ㄨㄥ

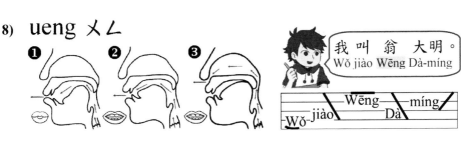

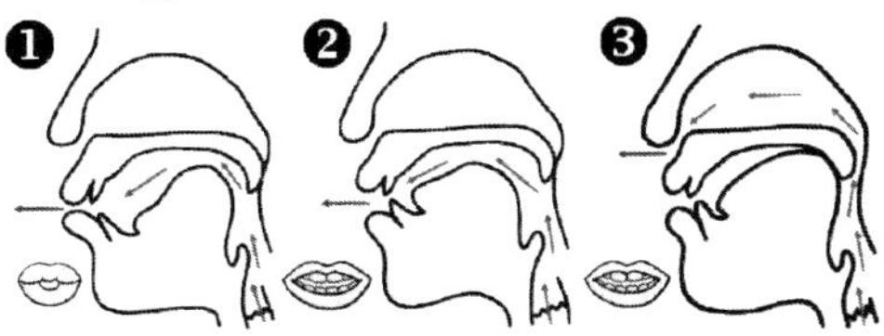

我叫 翁 大明。
Wǒ jiào Wēng Dà-míng

Wǒ jiào Wēng Dà míng

9) ong ㄨㄥ

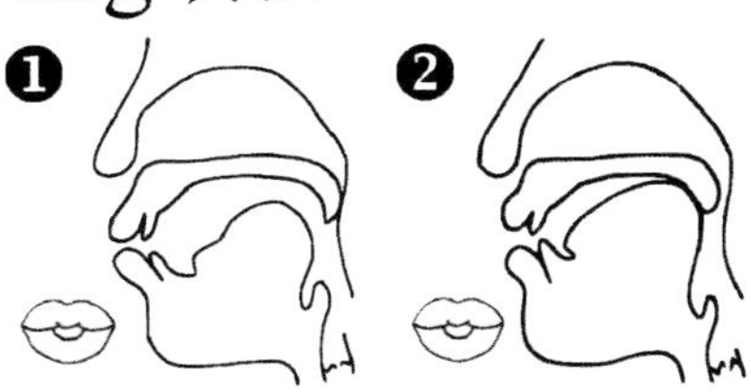

xiǎolóngbāo

小籠包

xiǎo lóng bāo

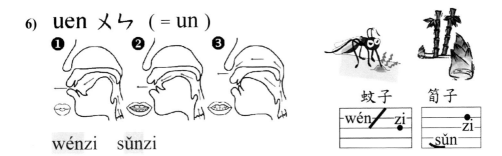

韻母(四)練習
Yùnmǔ liànxí

1) 例子 **B-042**

lìzi： → h uá

ua	uo		
uai	uei→ui		
uan	uen→un	uang	ueng
			ong

a→o→e→i→u→ü

huì qiū

1. g
2. h
3. k
4. z
5. s
6. g
7. r
8. d
9. x
10. g
11. h
12. g
13.
14.
15.
16.

2) 例子 **B-043**

lìzi： → huá

b	p	m	f
d	t	n	l
g	k	h	
j	q	x	
zh	ch	sh	r
z	c	s	

＋

ua	uo		
uai	uei→ui		
uan	uen→un	uang	ueng
			ong

1.
2.
3.
4.
5.
6.
7.
8.
9.
10.
11.
12.

5. 韻母(五)
Yùnmǔ

B-044

üan	üen→ ün	üê → ue	iong
(yuan)	(yun)	(yue)	(yong)

B-045

üan [yen]

üen [yn]
(ün)

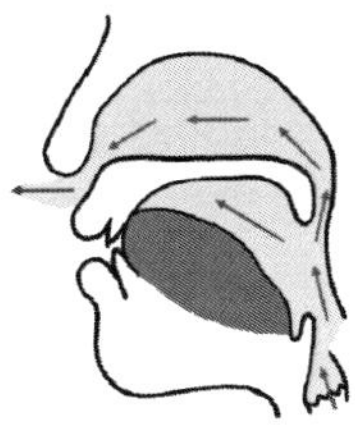

iong [yəŋ]

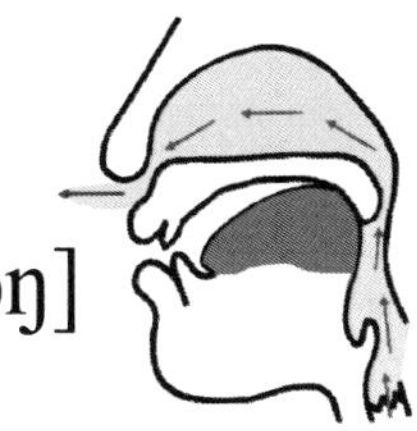

B-046

1) üan ㄩㄢ

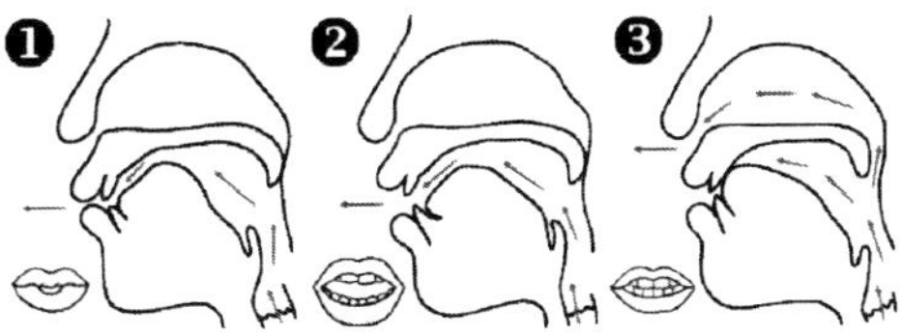

yuánzǐbǐ

原子筆

yuán zǐ
bǐ

2) ün ㄩㄣ

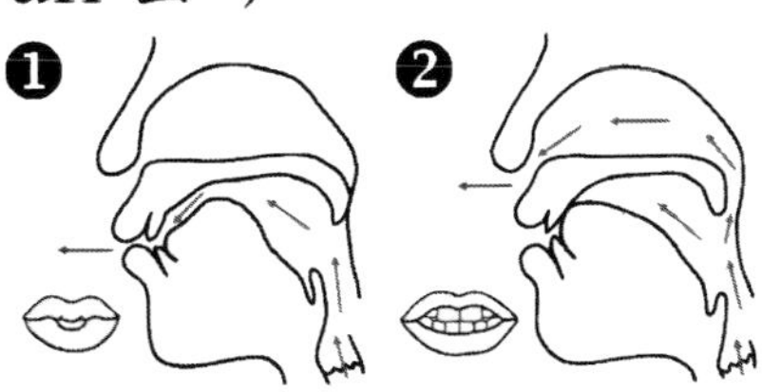

yùndòng yún

運動 雲

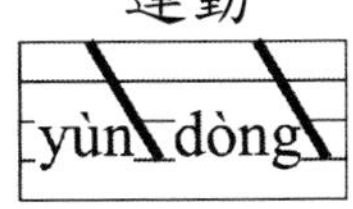
yùn dòng

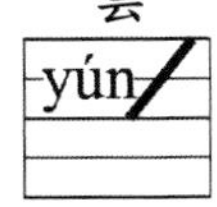
yún

3) üe ㄩㄝ

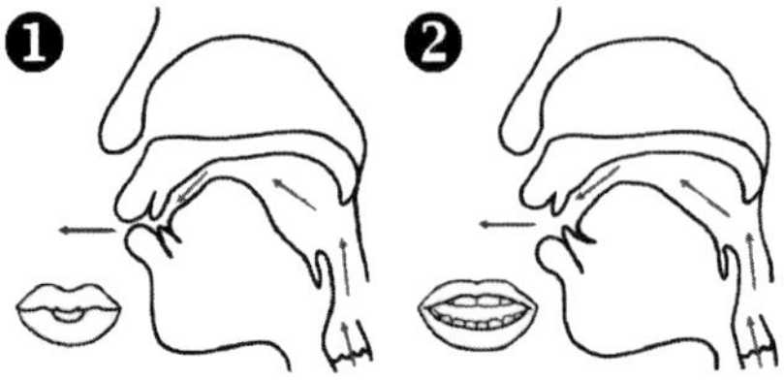
❶
❷

yuèliàng

月亮

yuè liàng

4) iong ㄩㄥ

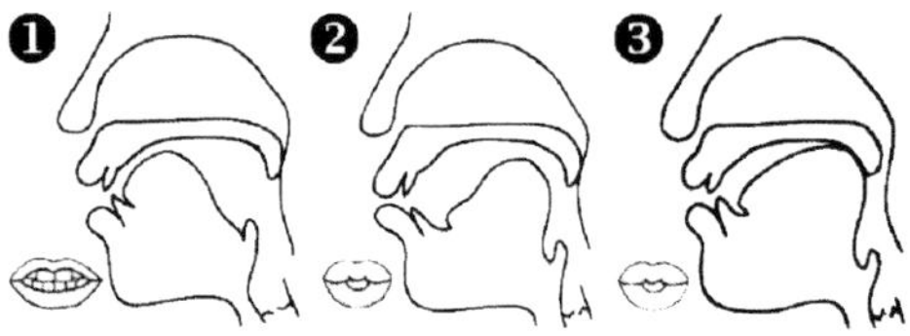
❶
❷
❸

yóuyǒng xióng

游泳 熊

yóu yǒng xióng

韻母(五)練習
Yùnmǔ liànxí

例子
lìzi： j ué

B-047

üan	üen→ün	üê→ue	iong

a→o→e→i→u→ü
huì qiū

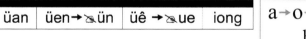

1. q
2. x
3. q
4. q
5. l
6. x
7. j
8. n
9. x
10.
11.
12.

複習(二) fùxí

B-048

1) 例子 lìzi： bá

a→o→e→i→u→ü
huì qiū

b	p	m	f
d	t	n	l
g	k	h	
j	q	x	
zh	ch	sh	r
z	c	s	

＋

i	u	ü	
a	o	e	ê
er			

ai	ei	ao	ou
an	en	ang	eng

ia	iê → ie	iao	iou → iu
ian	ien → in	iang	ieng → ing

ua	uo		
uai	uei → ui		
uan	uen → un	uang	ueng
			ong

üan	üen → ün	üê → ue	iong

1. ____ 2. ____ 3. ____ 4. ____
5. ____ 6. ____ 7. ____ 8. ____
9. ____ 10. ____ 11. ____ 12. ____
13. ____ 14. ____ 15. ____ 16. ____
17. ____ 18. ____ 19. ____ 20. ____

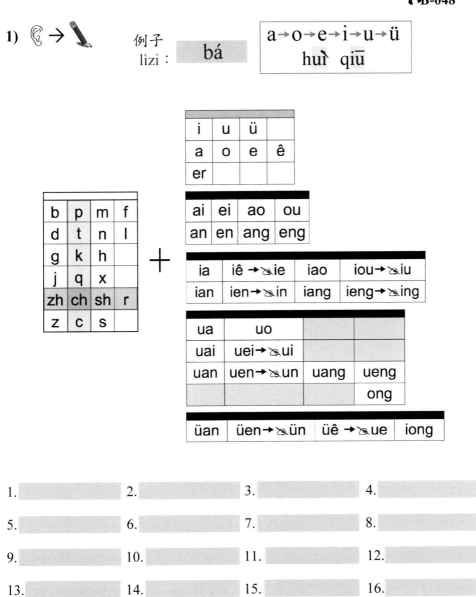

2) 耳 → 筆 **B-049**

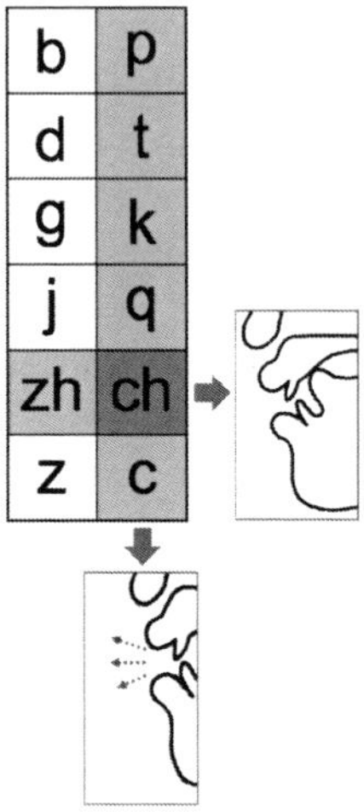
b p
d t
g k
j q
zh ch
z c

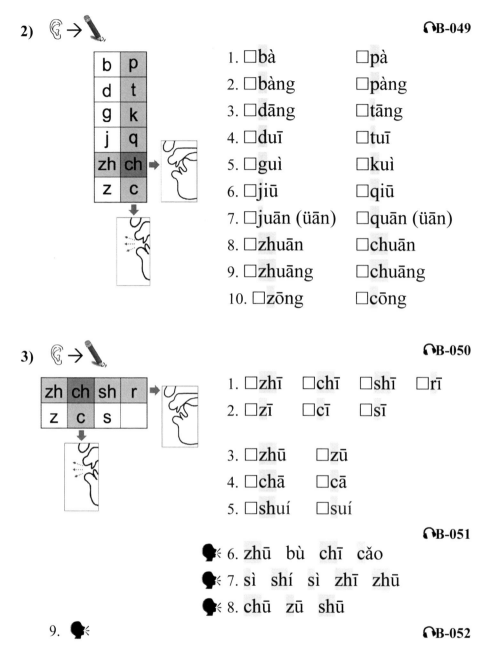

1. □bà □pà
2. □bàng □pàng
3. □dāng □tāng
4. □duī □tuī
5. □guì □kuì
6. □jiū □qiū
7. □juān (üān) □quān (üān)
8. □zhuān □chuān
9. □zhuāng □chuāng
10. □zōng □cōng

3) 耳 → 筆 **B-050**

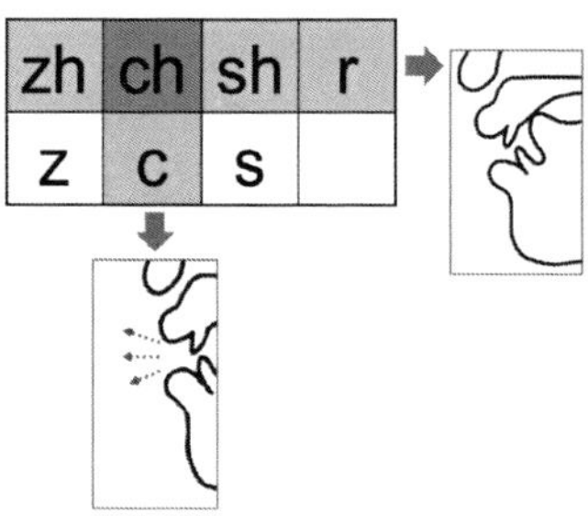
zh ch sh r
z c s

1. □zhī □chī □shī □rī
2. □zī □cī □sī

3. □zhū □zū
4. □chā □cā
5. □shuí □suí

B-051

6. zhū bù chī cǎo
7. sì shí sì zhī zhū
8. chū zū shū

9\. **B-052**

四個四， 四個十， 四個十四， 四個四十， 四個四十四；
sì ge sì, sì ge shí, sì ge shí sì, sì ge sì shí, sì ge sì shí sì ;

十個四， 十個十， 十個十四， 十個四十， 十個四十四。
shí ge sì, shí ge shí, shí ge shí sì, shí ge sì shí, shí ge sì shí sì .

4)

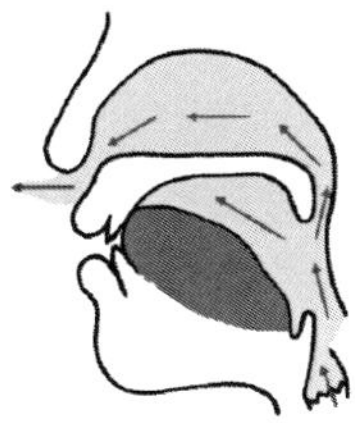

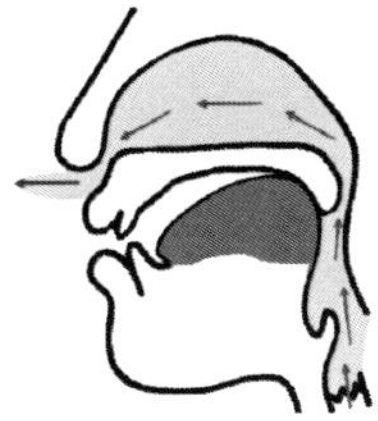

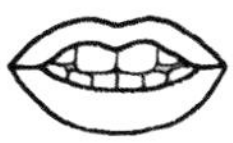

B-053

an	[an]	ang	[ɑŋ]
ian	[iɛn]	iang	[iɑŋ]
uan	[uan]	uang	[uɑŋ]
üan	[yen]		

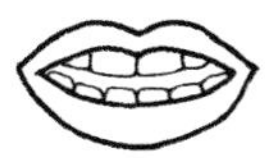

B-054

en	[ən]	eng	[əŋ]
in	[in]	ing	[iŋ]
uen (un)	[uən]	ueng	[uəŋ]
		ong	[uŋ]
üen (ün)	[yn]	iong	[yuŋ]

5) B-055

1. ☐ chuán ☐ chuáng　　2. ☐ guān ☐ guāng

3. ☐ qín ☐ qíng　　4. ☐ chèn ☐ chèng

5. ☐ yǎnjìng ☐ yǎnjìn

6. ☐ wǎngzhàn ☐ wǎnzhàn

7. ☐ kuānguǎn ☐ kuānguǎng

8. ☐ qǐng jìn ☐ qǐng jìng

9. ☐ qīngqín ☐ qīnqíng

10. □ zhēnchéng　□ zhēngchén
11. □ wángquán　□ wánquán
12. □ chuányuán　□ chuángyuán
13. □ yínháng　□ yíngháng
14. □ hánkōng　□ hángkōng
15. □ gōngchǎng　□ gōngchǎn
16. □ chénzhǎng　□ chéngzhǎng
17. □ jīngyíng　□ jīnyín
18. □ rénshēn　□ rénshēng
19. □ lěngcán　□ lěngcáng
20. □ qióngjìng　□ qióngjìn

索引

拼音	詞彙	課別	頁碼
H			
háishì	還是	L 4	37
háizi	孩子	L 4	30
hǎi	海	C	81
Hánguó	韓國	L 1	4
Hánguó rén	韓國人	L 1	6
hàn / hé	和	L 4	29
hànbǎo	漢堡	L 4	37
Hànzì	漢字	L 5	62
hǎo	好	L 4	41
hào	號	L 3	21
hàomǎ	號碼	L 3	21
hē	喝	L 5	61
hézi	盒子	L 2	18
hěn	很	L 1	6
huā	花	V	105
huàn	換	L 5	57
huǒ	火	C	81
J			
jī	雞	L 1	8
jī ròu	雞肉	L 4	40
jǐ	幾	L 3	21
jiā	家	L 4	29
Jiānádà	加拿大	L 1	4
jiázi	夾子	L 2	19
jiǎndāo	剪刀	L 3	27
jiǎo	腳	L 1	8
jiào	叫	L 1	1
jiějie	姐姐	L 2	19
jīn nián	今年	L 4	45
jiǔ	九	L 3	22
jiǔ yuè	九月	L 4	36
júzi	橘子	L 2	19
K			
kāfēi	咖啡	L 4	40
kǎoròu	烤肉	V	95
kělè	可樂	L 4	41
kěyǐ	可以	L 4	41
kuài	塊	L 5	55

拼音	詞彙	課別	頁碼
kuài qián	塊錢	L 5	53
kuàizi	筷子	L 2	17
L			
lǎobǎn	老闆	L 5	49
lǎoshī	老師	L 3	26
liǎng	兩	L 4	29
liàng	輛	L 5	56
líng	零	L 3	22
língqián	零錢	L 5	57
liù	六	L 3	22
liù yuè	六月	L 4	36
lóutī	樓梯	L 5	63
M			
māma	媽媽	L 2	18
ma	嗎	L 2	13
māo	貓	L 1	8
màozi	帽子	L 2	18
méi yǒu	沒有	L 5	57
Měiguó	美國	L 1	4
Měiguó rén	美國人	L 2	13
mèimei	妹妹	L 2	2
mén	門	L 1	8
miàn	麵	L 1	8
miànbāo	麵包	L 5	53
miàn zhǐ	面紙	L 3	27
míngzi	名字	L 2	11
mótuōchē	摩托車	L 5	56
N			
nǎ yì guó	哪一國	L 2	14
nǎ yì zhǒng	哪一種	L 4	43
ne	呢	L 1	1
nǐ	妳	L 1	6
nǐ hǎo	你好	L 1	1
nǐmen	妳們	L 2	13
nǐmen	你們	L 2	14
niàn	唸	L 2	16
niǎo	鳥	L 1	8
níngméng	檸檬	L 4	44
niú	牛	L 1	8

拼音	詞彙	課別	頁碼
niúnǎi	牛奶	L 5	63
niúròu	牛肉	L 4	40
nǚshēng	女生	L 5	62

P

拼音	詞彙	課別	頁碼
pánzi	盤子	L 2	17
péngyǒu	朋友	L 2	11
píjiá	皮夾	L 3	27
píjiǔ	啤酒	L 4	42
píng	瓶	L 5	56
píngguǒ	蘋果	L 4	44
pútáo	葡萄	L 4	43

Q

拼音	詞彙	課別	頁碼
qī	七	L 3	22
qī yuè	七月	L 4	36
qìshuǐ	汽水	L 5	55
qiān	千	L 5	51
qiānbǐ	鉛筆	L 3	27
qiānbǐ hé	鉛筆盒	L 3	27
qián	錢	L 5	49
qiánbāo	錢包	L 3	27
qiáo	橋	V	99
qiǎokèlì	巧克力	L 5	55
qǐng	請	L 5	57
qiú	球	V	100

R

拼音	詞彙	課別	頁碼
rén	人	L 4	29
rènshì	認識	L 1	6
Rìběn	日本	L 1	4
Rìběn rén	日本人	L 1	1
ròu	肉	L 1	8

S

拼音	詞彙	課別	頁碼
sān	三	L 3	22
sānmíngzhì	三明治	L 4	37
sān yuè	三月	L 4	36
sǎn	傘	L 1	8
shān	山	L 1	8
Shānběn	山本	L 2	11
shànzi	扇子	L 2	20
shéi	誰	L 3	26
shénme	什麼	L 2	11
shēngrì	生日	L 4	35
shí	十	L 4	34
shí	拾	L 5	51
shíèr yuè	十二月	L 4	36
shíyī yuè	十一月	L 4	36
shí yuè	十月	L 4	35
shì	是	L 1	1
shǒu	手	T	70
shǒubiǎo	手錶	L 5	63
shǒujī	手機	L 3	21
shū	書	L 1	8
shǔtiáo	薯條	4	42
shù	樹	L 1	8
shuāng	雙	L 5	55
shuǐ	水	L 3	27
shuǐguǒ	水果	L 4	43
shuǐjiǎo	水餃	L 4	42
sīwà	絲襪	C	88
sì	四	L 3	22
sì yuè	四月	L 4	36
suíshēn dié	隨身碟	L 3	27
suì	歲	L 4	33
sǔnzi	筍子	L 2	19
suǒ	鎖	V	105

T

拼音	詞彙	課別	頁碼
tā	她	L 2	11
tāmen	他們	L 3	23
tái	台	L 5	56
Táiwān	台灣	L 1	4
Táiwān rén	台灣人	L 1	1
Tàiguó	泰國	L 1	5
tāngchí	湯匙	C	78
tángguǒ	糖果	L 5	55
tiántián quān	甜甜圈	L 4	42
tiàowǔ	跳舞	L 5	63
tóngxué	同學	L 3	23
tóu	頭	T	71

拼音	詞彙	課別	頁碼
W			
wàzi	襪子	L 2	20
wàitào	外套	L 5	62
wǎn	碗	T	70
wàn	萬	L 5	51
Wáng	王	L 2	11
wéijīn	圍巾	L 5	63
wèishēngzhǐ	衛生紙	L 3	27
wénzi	蚊子	L 2	19
wēng	翁	V	107
wǒ	我	L 1	1
wǒmen	我們	L 2	1
Wú	吳	L 2	11
wǔ	五	L 3	22
wǔ yuè	五月	L 4	36
X			
Xībānyá	西班牙	L 1	5
xīguā	西瓜	L 4	44
xǐhuān	喜歡	L 4	37
xiǎolóngbāo	小籠包	L 4	42
Xiānggǎng	香港	L 4	45
xiāngjiāo	香蕉	L 4	43
xiāngzi	箱子	L 2	18
xiàngpícā	橡皮擦	L 3	26
xiē	些	L 3	28
xiézi	鞋子	L 2	19
xièxie	謝謝	L 4	41
xíng	行	L 5	61
xiōngdì jiěmèi	兄弟姐妹	L 4	30
xióng	熊	V	110
xuéshēng	學生	L 5	60
Y			
yāzi	鴨子	L 2	19
yǎnjìng	眼鏡	L 3	27
yào	要	L 4	41
yàoshi	鑰匙	L 2	20
yáng	羊	V	101
yézi	椰子	L 2	19
yě	也	L 1	6

拼音	詞彙	課別	頁碼
yī	一	L 3	22
yī yuè	一月	L 4	36
yí ge rén	一個人	L 4	45
yǐzi	椅子	L 2	17
yì	億	L 5	51
Yìdàlì	義大利	L 1	5
Yìdàlì miàn	義大利麵	L 5	62
yīnyuè	音樂	V	100
Yìnní	印尼	L 1	5
Yīngguó	英國	L 1	5
Yīngguó rén	英國人	L 2	13
yīngtáo	櫻桃	V	101
yǐngyìn	影印	V	100
yóuyǒng	游泳	L 5	63
yǒu	有	L 3	21
yú	魚	L 1	8
yuánzǐ bǐ	原子筆	L 3	24
yuè	月	L 4	33
yuèliàng	月亮	L 5	62
Yuènán	越南	L 1	5
yún	雲	C	71
yùndòng	運動	L 5	62
Z			
zázhì	雜誌	L 1	8
zài	在	L 4	45
zěnme	怎麼	L 2	16
zhāng	張	L 5	57
zhǎo	找	L 5	49
zhè	這	L 2	16
zhèige	這個	L 2	16
zhēnzhū	珍珠	L 5	62
zhī	枝	L 5	56
zhīzhū	蜘蛛	L 5	62
zhǐ	紙	C	84
zhū	豬	L 1	8
zhūròu	豬肉	L 4	40
zhuōzi	桌子	L 2	16
zìwǒ jièshào	自我介紹	L 4	45

釀語言14　PD0055

說華語

作　　者　文藻外語大學華語中心　姜君芳
責任編輯　洪仕翰
編輯團隊　姜君芳、張筱艾
插　　畫　王平、張筱艾、葉亭妤
圖文排版　姜君芳、張筱艾
封面設計　David Wu
封面完稿　楊廣榕

出版策劃　釀出版
製作發行　秀威資訊科技股份有限公司
114 台北市內湖區瑞光路76巷65號1樓
電話：+886-2-2796-3638　傳真：+886-2-2796-1377
服務信箱：service@showwe.com.tw
http://www.showwe.com.tw
郵政劃撥　19563868　戶名：秀威資訊科技股份有限公司
展售門市　國家書店【松江門市】
104 台北市中山區松江路209號1樓
電話：+886-2-2518-0207　傳真：+886-2-2518-0778
網路訂購　秀威網路書店：https://store.showwe.tw
國家網路書店：https://www.govbooks.com.tw
法律顧問　毛國樑　律師
總 經 銷　聯合發行股份有限公司
231新北市新店區寶橋路235巷6弄6號4F
電話：+886-2-2917-8022　傳真：+886-2-2915-6275

出版日期　2018年11月　BOD一版
定　　價　220元

Printed in Taiwan

請掃描此圖碼以連結錄音檔。
Please scan this QR Code for direct access to the audio files.

國家圖書館出版品預行編目

說華語 / 文藻外語大學華語中心作. -- 一版. --
臺北市 : 釀出版, 2018.11
面； 公分
BOD版
ISBN 978-986-445-296-5(平裝)

1. 漢語 2. 讀本

802.86 107018481

讀者回函卡

感謝您購買本書，為提升服務品質，請填妥以下資料，將讀者回函卡直接寄回或傳真本公司，收到您的寶貴意見後，我們會收藏記錄及檢討，謝謝！

如您需要了解本公司最新出版書目、購書優惠或企劃活動，歡迎您上網查詢或下載相關資料：http:// www.showwe.com.tw

您購買的書名：________________________________

出生日期：________年________月________日

學歷：□高中（含）以下　□大專　□研究所（含）以上

職業：□製造業　□金融業　□資訊業　□軍警　□傳播業　□自由業

□服務業　□公務員　□教職　□學生　□家管　□其它_____

購書地點：□網路書店　□實體書店　□書展　□郵購　□贈閱　□其他

您從何得知本書的消息？

□網路書店　□實體書店　□網路搜尋　□電子報　□書訊　□雜誌

□傳播媒體　□親友推薦　□網站推薦　□部落格　□其他__________

您對本書的評價：（請填代號　1.非常滿意　2.滿意　3.尚可　4.再改進）

封面設計____　版面編排____　內容____　文／譯筆____　價格____

讀完書後您覺得：

□很有收穫　□有收穫　□收穫不多　□沒收穫

對我們的建議：________________________________

____

____

____

請貼
郵票

11466
台北市內湖區瑞光路 76 巷 65 號 1 樓

秀威資訊科技股份有限公司　收

BOD 數位出版事業部

（請沿線對折寄回，謝謝！）

姓　　名：________________　年齡：________　性別：□女　□男

郵遞區號：□□□□□

地　　址：____

聯絡電話：(日)________________　(夜)________________

E-mail：____